들꽃
들풀에
길을 묻다

펴낸날 2020년 4월 10일

지은이 이방주
펴낸이 주계수 ｜ **편집책임** 이슬기 ｜ **꾸민이** 유민정

펴낸곳 밥북 ｜ **출판등록** 제 2014-000085 호
주소 서울시 마포구 양화로 59 화승리버스텔 303호
전화 02-6925-0370 ｜ **팩스** 02-6925-0380
홈페이지 www.bobbook.co.kr ｜ **이메일** bobbook@hanmail.net

© 이방주, 2020.
ISBN 979-11-5858-649-2 (03810)

※ 이 도서의 국립중앙도서관 출판시도서목록(CIP)은 e-CIP 홈페이지(http://www.nl.go.kr/
cip)에서 이용하실 수 있습니다. (CIP2020010490)

※ 이 책은 2020년 충북문화재단의 문예진흥기금을 지원받아 발간하였습니다.

이방주 수필집

들꽃
들풀에
길을 묻다

밥북
BOOK

나비가 있으므로 꽃이 사랑을 이룰 수 있다. 꽃이 사랑을 이루어야 나비도 살아갈 수 있다. 나비는 꽃에게 존재 의미이고 꽃은 나비에게 존재 의미이다. 꽃과 나비가 있으므로 나도 살아갈 수 있다. 꽃이나 나비는 내 생명의 에너지원이다. 상생이 삶의 지혜이다.

진리는 이만큼 밝은데 수필 쓰기의 화두는 온통 의문투성이다. 의혹은 물어야 답을 듣고 답을 들어야 풀린다. 수필을 쓰려면 의혹을 깨고 격물格物하여 치지致知에 이르러야 한다.

누구에게 물어야 하나. 오늘날 사회는 진실은 왜곡되고 본질은 혼란하여 갈피를 잡을 수 없다. 대중은 혼란 속에 서성거리고 있다. 말은 많아도 말씀은 없다.

나는 이럴 때 들로 나선다. 나에겐 들꽃이 스승이고 들풀이 길잡이다. 자연은 거짓을 모른다. 자연은 말은 없어도 말씀이 있다. 들꽃은 예쁜 척하지도 않고 들풀은 저 혼자 잘난 척하지도 않는다. 들로 나가는 것이 격물이고 치지의 길이다.

들꽃은 수수해도 예쁘고, 들풀은 질기게 살아내도 모질지 않다. 들풀은 같은 들에 함께 사는데도 삶은 제각기 다르다. 들꽃이나 들풀은 화이부동和而不同을 안다. 들꽃도 들풀도 경쟁하지 않아도 잘 산다. 들꽃 들풀이 사람 사는 법을 다 일러준다. 나는 날마다 들꽃 들풀이 말하는 진리의 말씀을 듣는다.

들꽃 들풀은 우주를 담고 피어나서 남을 살림에 에너지가 되고 스스로 살이의 방도를 안다. 들꽃 들풀이 우주이고 인간 생명의 원동력이다. 들꽃 들풀이 우리네 살림살이 본질을 거짓도 없이 보여준다. 들꽃 들풀은 내 형제이고 대지가 나의 어머니이다.

나는 들꽃 들풀의 말씀을 받아 적고, 들꽃 들풀의 깨우침으로 나를 깨우친다. 나의 작은 깨달음을 혼자 갖기 어려워 이 책을 엮는다. 이 책이 나오기까지 도움을 주신 분들께 감사드린다. 특히 스마트 폰 카메라로 서툴게 찍은 사진을 정리해 준 문우 주연 선생님께 고마운 마음을 전한다.

庚子 孟春 수름재 느림보서재에서

목 차

여는 글 / 4

; 1부

동백꽃 사랑 / 12

민들레는 인제 씨나래를 날리네 / 19

으름덩굴꽃에서 임하부인까지 / 25

감꽃 삼형제 / 30

미선과 부채바람 / 34

섬초롱꽃 인연 / 40

다래꽃 깊은 사랑법 / 44

껍질 벗는 대나무 / 49

칠보산 함박꽃 / 53

엉겅퀴에게 물어봐 / 58

산딸기 생일상 / 62

도깨비가지꽃도 꽃이다 / 66

; 2부

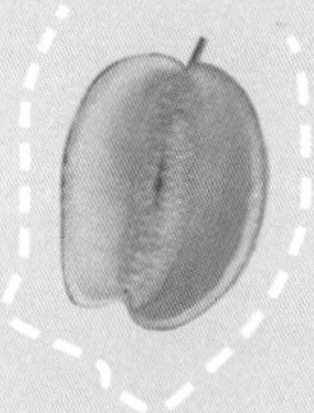

하늘말나리의 하늘   / 70

무궁화가 피면   / 73

개망초꽃 피는 이유   / 77

댕댕이덩굴꽃에 어리는 어머니   / 81

분꽃 피는 시간   / 86

달맞이꽃은 하루에 한 번씩 해탈한다   / 91

호박꽃은 아침마다 사랑을 한다   / 95

강아지풀꽃   / 99

보랏빛 도라지꽃   / 104

미나리꽃은 숨은 향기가 있네   / 106

산초나무꽃을 보니   / 110

사랑으로 꽃을 피우는 자귀나무   / 115

; 3부

그리움의 꽃 겹삼잎국화 / 120

쇠비름처럼 / 123

수크령이 두려워 / 128

벼꽃, 밥꽃 하나 피었네 / 134

핏빛으로 지는 더덕꽃 / 139

낮달맞이꽃 사랑 / 145

박주가리는 깔끔해 / 152

백중 맞은 부처꽃 / 156

미호천 개똥참외 / 160

무릇은 여린 꽃이 핀다 / 163

가을에 핀 뺑기꽃 / 168

목화꽃은 포근한 사랑 / 172

덩굴꽃이 자유를 주네 / 175

; 4 부

미호천 왕고들빼기 꽃 / 184

들깨꽃과 가시박 / 187

동부꽃 피는 한가위 / 191

쑥꽃은 향을 말하네 / 193

개천 바닥에 피는 고마리꽃 / 197

어머니의 도꼬마리 / 201

뚱딴지꽃의 음덕 / 205

물봉선 자매 / 209

벼이삭이 고개를 숙이는 이유 / 215

가을 여인 구절초꽃 / 219

빛나는 사랑 괭이밥 / 223

청미래덩굴 열매를 보니 / 226

도깨비바늘은 사지창이 있다 / 229

아름다운 모습과 향기를 지니고 싶지 않은 꽃이 어디 있을까?
이리저리 옮겨 다니며 자리를 골라 살 수 없는 들풀은
제가 사는 곳에 적응할 수밖에 없다. 그러다가 도깨비바늘꽃처럼
'도깨비'도 되고 도둑놈의갈고리꽃처럼 '도둑놈'도 된다.
제 소망과 다르게 도깨비가 되어버린 도깨비가지꽃이 안쓰럽다.

동백꽃 사랑

'누구보다 그대를 사랑한다.'

동백_{冬栢}의 꽃말이다. 제주 여행 다섯째 날에 남원 동백나무군락지에 갔다. 육지는 한겨울인데 높이 15m쯤 되는 동백나무마다 붉은 꽃이 소복하다. 짙은 초록빛 잎사귀를 뒤덮은 붉은 빛깔이 경이롭다. 동백은 두 번 핀다고 하더니 나무도 붉고 낙화가 널브러진 땅도 붉다. 동백은 땅에 떨어져 누워도 처음 피었을 때만큼 붉다. 꽃술이 샛노랗게 살아있어 꽃잎은 더 빨갛다. 맞아, 누구보다 그대를 사랑하는 순정은 생사를 넘어서 붉은빛으로 타오르게 마련이다.

여수 오동도 동백꽃도 마찬가지이다. 오동도에 전하는 '동백꽃으로 피어난 여인의 순정'이라는 전설은 '누구보다 그대를 사랑하는' 절개를 명명백백하게 들려준다.

(앞부분 생략)

오동도에는 아리따운 한 여인과 어부가 살았드래

어느 날 도적 떼에 쫓기던 여인

낭벼랑 창파에 몸을 던졌드래

바다에서 돌아온 지아비

소리소리 슬피 울며

오동도 기슭에 무덤을 지었드래

북풍한설 내리치는 그해 겨울부터

하얀 눈이 쌓인 무덤가에는

여인의 붉은 순정 동백꽃으로 피어나고

그 푸른 정절 시누대로 돋았드래

− 〈오동도와 전설〉 비문에서 −

아리따운 여인은 죽었지만 순정은 동백꽃으로 붉게 소생했다. 지어
미를 그리워하는 지아비의 정절은 시누대로 살아나 서슬이 퍼렇다. 동
백꽃이 피는 서천 마량리, 울산 목도木島 동백나무 숲, 강진 백련사, 고

창 삼인리 동백 숲, 부산 동백섬에도 조금씩 변개되기는 했지만 화소 話素는 같은 전설이 있다. 일본이나 대만의 동백꽃 군락지에도 이와 비슷한 이야기가 전한다고 하니, 사람들의 사랑에 대한 심의心意는 동서 고금이나 민족을 초월하여 다름이 없나 보다.

인간의 공동심의가 지어내어 전해오는 전설은 허황된 이야기라고 치부해버리기에는 시사해주는 의미가 너무 크다. 오동도 동백꽃 전설 주인공인 아리따운 여인은 '누구보다 그대만을 사랑하기' 위해 '낭벼랑 창파'에 몸을 던진다. 그녀는 정절이 목숨보다 소중했다. 지아비는 아리따운 아내에게 또한 '누구보다 그대만을 사랑하기' 때문에 그리움과 지조를 버릴 수 없었다. 여인의 순정이 동백꽃으로 피어났다면 지아비의 지조는 시누대로 돋았다.

도대체 정절이 무엇이기에 목숨보다 소중할까. 정절은 마음에 따라가는 몸이기에 소중한가 보다. 도적은 아리따운 여인만이 가진 것을 노렸을 것이다. 도적의 눈에는 여인이 성의 노리개로 보인 것이다. 사랑도 없이 폭력만으로 성을 노렸기에 도적이다. 맞다. 그건 틀림없는 도적이다. 오늘날에도 사랑도 없이 성을 소유하려는 자는 도적이다.

마광수 교수는 저서 《性愛論》에서 '성이 없는 사랑은 자칫 공허한 개념이 되기 쉽다'라고 했지만, 나는 오히려 사랑 없는 성이야말로 공허한 행위일 뿐이라고 말하고 싶다. 지구 상의 모든 동물들 가운데 서로 마주 보면서 그야말로 성애를 할 수 있는 생명은 인류밖에 없다고 한다. 인간은 사랑하는 사람의 표정에서 자신만을 향한 사랑을 감지

하면서 육체의 기쁨보다 영혼의 오르가슴에 드는 유일한 종이라 생각해왔다. 그래서 인간의 성을 '성애性愛'라 하는 것이다.

인도 여행에서 유네스코 세계인류문화유산인 카주라호의 사원군에 들렀을 때, 힌두 사원에 조각한 성애의 모습을 보고 놀랐다. 비스바나타Vishvanatha 사원 벽면은 수많은 성애의 조각으로 장식되어 있었다. 벽면을 빽빽하게 채운 조각을 미투나상Mithuna이라 하는데, 힌두교 경전의 하나인 카마수트라Kama Sutra의 내용을 표현한 것이라고 한다. 카마수트라는 성생활의 만고불변하는 조화의 법칙을 담아놓은 경전의 하나이다. 당시에는 남녀의 성적 화합은 인간이 추구하는 행복의 본질을 이루는 것으로 생각했으며, 성인聖人이나 성직자는 성교 기술을 적극 계몽하는 역할을 했다고 한다.

미투나상은 성애의 갖가지 체위를 적나라하게 표현했는데, 어떤 것은 마주 보며 희열에 젖어 있기도 하고, 짐승처럼 뒤에 서서 행위를 하는 것도 있고, 심지어 수간獸姦하는 모습도 있었다. 그렇게 생각해서 그런지는 모르지만 짐승 흉내를 내고 있는 조각상 중에서 엉덩이를 뒤로하고 허리를 굽히고 있는 여인은 매우 괴로워하는 표정으로 보였다. 이런 행위가 종교적으로 완전한 해탈에 이르려는 것이든, 내면의 사념을 버리려는 것이든, 종교적 가르침을 표현한 성스러운 종교적 행위로 힌두인들은 생각하고 있는 것 같았다. 그러나 아무리 성스러운 종교적 행위라도 '그대만을 향한' 사랑이 결여된 성은 폭력이다.

인도 암베르성에 갔을 때 참 희한한 광경을 목격했다. 저녁 해가 뉘

엿뉘엿 넘어갈 무렵이었는데 성채 지붕 위에서 원숭이 두 마리가 교미하고 있었다. 원숭이의 표정을 볼 수 없었던 것이 아쉽기는 했지만 분명히 사랑 없는 공허한 행위일 것이라 단정할 수 있었다. 원숭이는 육신의 형태가 인류와 비슷하기에 교미할 때 마주 볼 줄 알았는데 역시 짐승이었다. 소, 돼지, 개가 다 그렇다. 닭의 교미는 암컷을 짓밟는다. 암컷의 사랑을 확인할 겨를이 없이 폭력적이다. 수모를 당한 암탉은 고개를 홰홰 저으며 '꼬꼬댁' 하고 욕지거리를 퍼부으며 자신의 모멸감을 해소한다.

사랑이 없는 성은 폭력이다. 동물적 행위일 뿐이다. 성폭력은 폭행자 자신의 파멸을 부른다. 조선시대 권력을 가진 자들은 하층계급 여성을 성 노리개로 삼으면서도 아무런 죄의식이 없었다. 조선 후기 윤지당 임씨(允摯堂 任氏, 1721~1793) 같은 여성 성리학자는 남성의 전유물이었던 성리학을 연구하여 '여자도 수양을 통해 성현이 될 수 있다'고 주장하여 남녀동등권을 주장했지만 이 역시 상층계급 여성을 두고 한 말이다.

자신이 부리는 여성을 성적 자율권까지 부리려 했던 소위 사대부 남성들의 가치관을 오늘날 알량한 권력자들도 누리려 하고 있다. 동물은 사랑도 없이 교미하지만 상대를 소유하지는 않는다. 그런데 인간은 성폭력을 하고 여성을 소유까지 하려 한다. 이렇게 야만적 가치관을 지닌 그들이야말로 오동도의 도적과 같은 자이다. 원숭이나 닭과 다를 바가 없다. 참으로 신기한 일이다. 권력을 지닌 남성들은 여성이 사랑의 눈짓을 보내지 않아도 성을 행동화할 수 있나 보다. 여성도 정절을 소중하게 여기고 자존감을 위하여 싫으면 당당히 "싫어요."라고 말해야 더 큰 자유를 얻을 수 있다는 진리를 잊어버린 것 같다. 성애가 해탈 열반하기 위한 성스러운 수행의 길이라 하는 것은 힌두인이 아니므로 이해할 수 없다. 그래도 동백꽃 전설의 아리따운 여성, 지조 있는 지아비는 못되더라도 원숭이 꼴은 보이지 말아야겠다.

정절은 무엇일까? 순정으로 온 누리에 붉게 피어난 동백꽃이 대답한다. 사랑 없는 성은 공허한 행위일 뿐이다. 성을 도적질한 인간은 결국 파멸한다. 누구보다 그대만을 사랑하는 감미로운 눈짓으로 주고받는 성애만이 성스럽고 아름다운 정절이다.

남원 경승지 동백나무군락지 너머로 지는 노을이 동백꽃 같은 정절로 붉게 타오른다.

_2018년 1월 20일
서귀포시 남원 큰엉해안경승지에서

민들레는 인제 씨나래를 날리네

'사랑이라고 말하면 그것은 이미 사랑이 아닙니다.' 이 말은 사랑이라고 말해보지 못한 사람의 구차한 변명일 수 있다. 사랑이라고 말할 만큼 그에게 사랑을 느끼지 못한 사람의 미치지 못한 깨달음일지도 모른다.

'사랑이란 감정은 변하기 쉽기에 고백하는 순간 의무가 되어버린다.' 그러므로 고백의 순간에 사랑의 진실성은 사라져버린다는 말이렷다. 이 말도 단순히 고백을 부정하는 것 같지만 실은 자신의 사랑을 신뢰하지 못하는 이의 졸렬한 핑계이다. 자신의 사랑이 지순하지 못한 것을 치졸하게 변명하는 말이다. 지순하지 못한 사랑은 속에서부터 상하여 물크러지게 마련이다. 정성 없이 담근 고추장이 시큼한 맛을 내듯이, 매콤한 본질에 다가서지 못하고 시큼하게 변질되듯이 진실은 버리고 윤리적으로나 당당해지려는 거짓 사랑의 자기변명이다.

'사랑이라 말하면 사랑의 달이 뜬다.' 내가 했던 이 말을 진실이라 믿는다. '언어는 존재의 집이다.'라고 한 하이데거 선생의 말에 의하면 '사랑'이라는 말은 사랑이 살고 있는 집이다. 어머니라 부르면 그리움으로 가슴이 저릿저릿하듯이 사랑이라 말하면 사랑에 불이 붙는다. 그녀에게 사랑한다 말하면 메마른 가슴에도 촉촉하게 이슬비가 내리고 사랑이 움트기 시작할지도 모른다. 사랑이라 말하면 미미했던 내 가슴에도 사랑의 싹이 트고 꽃을 피운다. 말에는 영혼이 깃들어 있기에 사랑이란 말에도 사랑의 혼령이 깃들어 살고 있기 때문이다.

민들레꽃은 일편단심으로 사랑을 지키려다 죽은 민들레라는 처녀의 한이 노랗게 하얗게 피어난 꽃이다. 전설이 전해주는 이야기에는 덕이란 바보의 사랑 고백을 기다리다 죽은 민들레라는 처녀가 생전에 디딘 발자국마다 한이 응어리져 맺힌 꽃이라 한다.

민들레를 사랑한 덕이라는 총각은 민들레에게 '사랑한다.' 이 짧은 한마디를 하지 못한 바보였다. 사랑이라 말을 해야 민들레도 알고 덕이 자신도 사랑을 깨닫는다. 사랑은 말을 해야 샘이 솟고 싹이 트고 불이 붙는다. 혹시 민들레도 덕이를 사랑하고 있었을지도 모르는 일이 아닌가. 아니 민들레는 전혀 덕이를 사랑하지 않았다 해도 덕이로부터 고백을 받는 순간 사랑의 씨앗이 움트기 시작할 수도 있을 것이다. 움터서 사랑의 화산이 폭발할 수도 있었을 것이다.

민들레 전설은 가슴앓이만 하던 덕이에게 사랑할 수 있는 마지막 기회를 준다. 민들레의 집이 홍수로 떠내려갈 위험에 빠진 것이다. 덕이는 민들레를 집으로 데려다 부양한다. 그때라도 늦었지만 '사랑한다.' 이 말을 했어야 한다. 그런데 이 말을 하기도 전에 민들레는 그만 난리 통에 처녀 징발을 당한다. 바보 같은 덕이가 사랑한다고 고백하지 않았기에 사랑하면서도 혼례를 올리지 못한 것이다. 고백하지 않은 사랑은 이렇게 재앙의 불씨가 된다. 위안부로 끌려가기에 앞서 민들레는 날카로운 은장도로 가슴을 찔러 자결해버린다. 그야말로 민들레 뿌리처럼 곧은 사랑이다. 민들레는 답답한 덕이에게 '내 사랑 그대에게 드립니다.' 이런 말 대신에 은장도를 꺼낸 것이다. 고백을 기다리는 그녀에게 고백하지 않은 것은 이렇게 큰 죄악이다. 고백하지 않은 사랑은 '사랑'이란 존재의 집도 없이 허공에 떠도는 허망한 관념일 뿐이다.

사랑은 고백해야 안다. 고백하지 않는 사랑은 사랑이 아니다. 허망한 뜬구름이다. 손에 잡히지 않는 장마철 는개이다. 아니 진정 사랑한다면 어떤 두려움도 수치심도 자존심도 넘어서서 저절로 고백의 물결을 타게 된다. 고백하지 않은 사랑은 거짓 사랑이다. 진실한 사랑은 '사랑'을 입에 달고 산다. '사랑한다, 사랑한다.' 말하고 나서 또 사랑한다고 말한다. 사랑이란 말에는 사랑의 혼령이 살아있는 것을 아는 까닭이다. 지순한 사랑을 하는 사람은 터져 나오는 사랑이란 말을 막을 수 없다.

나 여기 있어요

지난겨울 가뭄 목마름도

시끄러운 세상 이야기도

다 두고 갈게요

그냥

그대인지 누군지는 잘 모르지만

저녁마다 두런거리던 사랑 이야기만

담아 갈래요

어디로 날아간들 어떻겠어요.

황천길 검은 강둑이거나

도솔천兜率天이건 도리원桃李園이건 붉거나 희거나

그냥 거기 뿌리내려 노랗거나 하얗거나 민들레나 될래요

나는

민들레 씨나래여요

거기서도 아직 '사랑한다'는 그대의 말씀을 기다릴래요.

기다려도 기다려도 말씀이 없으면

내 사랑 그냥 그대에게 드릴래요.

민들레 씨나래 날리는 봄이다. 지난겨울 지독하게 가물었는데도 민들레는 오히려 지천으로 피었다. 고백을 기다리다 지친 민들레가 밤이고 낮이고 온천지를 미친 듯 쏘다닌 발자국이다. 사랑에 목말랐던 민들레의 아픈 발자취이다. 이제 씨나래 되어 날아갈 채비를 하고 있다.

미래를 짐작할 수 있는 사랑은 없다. 나도 그렇다. 그래도 사랑이란 말에는 사랑의 씨앗이 깃들어 살고 있다는 것을 의심하는 사람은 없을 것이다. 내가 그렇기에 하는 말이다. 사랑만큼 영혼을 아름답게 하는 양식은 없다. 그래서 사랑이란 말은 고귀하다. 미래를 짐작할 수 없지만 사랑이 영혼의 양식이라면 이제라도 고백하고 싶다. '사랑한다' 하는 고백의 말만큼 고귀한 언어는 없을 것이다. 그런데 나도 덕이처럼 용기가 없다. 내겐 다 벗어버릴 용기가 없다. 영혼을 살찌게 할 용기가 없어 답답하다.

민들레는 인제 씨나래를 날리려 하네. 벗어버리자. 규범이란 도포 자락을 벗어버리자. 자존심이란 이름의 금관조복도 벗어던지고 명예란 패옥도 풀어 던지자. 답답한 나의 민들레가 '내 사랑 그대에게 드릴게요.'라고 말하기 전에 내가 먼저 벗어 던지자. 인제는 강가에서 산기슭에서 거친 밭에서 농투사니가 된다 해도 민들레 사랑만으로도 살 수 있을 것만 같다.

_2019년 4월 23일
주중리에서

으름덩굴꽃에서 임하부인 林下婦人 까지

사랑은 그리움을 부른다. 아프지만 내 안에 그대가 남아 있기에 그리움을 부르는 것이다. 그대가 내 안에 남아 있는데도 그대는 이미 내 옆에 없으니 그리울 수밖에 없다. 그것이 인간의 사랑이다.

전복 한 상자가 배송되었다. 여름 보양식으로 딸내미가 완도에 주문했다고 한다. 생산지 직송 전복이라 말 그대로 싱싱하다. 스티로폼 상자를 열고 잠을 깨우니 꼼지락 꼼지락 하다가 조금씩 움직임이 커진다. 거뭇거뭇한 무늬가 있는 입술을 오므렸다 벌렸다 한다. 입에 군침이 돈다. 산 채로 그냥 혀를 대어보고 싶은데 아내가 어느새 숟가락으로 조갯살을 따낸다. 공연히 아쉽다. 흘기지도 않는 아내 눈을 슬며시 피한다. 쓸데없이 '내가 뭘?' 하고 변백辨白을 할 뻔했다.

이 조개는 왜 꼭 이 모양이어야 할까. 참으로 딱하게도 생겼다. 숟가락으로 따낸 조갯살을 도마에 놓고 착착 썰어서 초고추장과 함께 식탁에 올린다. 딱하고 징그럽다. 그래도 혀에 전해지는 식감은 연하고 맛은 고소하다. 고소한 맛이구나. 나는 장난삼아 살아서 꼼지락거리는 전복 다섯 개를 동그랗게 벌여놓아 보았다. 와 이건 정말 어디서 많이 본 모습이다. 전복이 제 모습을 잃어버리고 묘한 그림이 되어 버렸다. 가을에 본 으름 모양도 닮았다. 전복에서 으름을 보고 으름에서 전복을 봐야 한다. 자연은 자연끼리 통하고 그것은 또 아름다운 인체와 통한다.

쌍곡에서 막장봉에 이르는 길고 깊은 계곡을 걸어본 일이 있다. 이름도 '시묘살이계곡'이라 그런지 웬만한 사람은 중간에 포기하는데 나는 길고도 깊은 그 계곡이 좋았다. 이른 봄 눈 녹아 흐르는 물소리도 좋지만, 산열매 익어가는 가을이 더 좋다. 농익는 가을 열매를 바라보기도 하고 소나무 향기를 맡으며 두어 시간 남짓 갈잎 밟히는 소리를 듣노라면 그야말로 막장봉에 이른다. 막장봉 막바지에 가파른 비탈길을 오를 때는 아무리 숨이 가쁘더라도 주변을 살펴야 한다. 계절에 따라 다래가 소복하게 익어가는 덩굴을 발견할 때도 있고 주렁주렁 매달린 으름이 보일 때도 있다. 바로 거기서 으름을 보았다.

으름 열매는 바로 쳐다보기 참 민망하다. 어떤 것은 열매 다섯 개가 조금 작은 바나나 모양으로 매달려 있다. 한 10cm쯤 되는 것들 다섯 개가 모여서 덩굴에 매달려 있어서 '그놈 참 실하다.'라는 남성들의 부러움을 사고도 남는다. 그런데 바로 옆에 노랗게 익어가면서 한쪽이 쩌~억 벌어진 것도 있다. 속에 씨앗이 거뭇거뭇 함께 벌어져 민망한 모습이다. 전복 5개가 쩌~억 벌어져 나뭇가지 아래에 매달려 있다. 이때 내 정서를 억누르고 욕구를 가라앉히려면 '전복 같다'라고 하지 말

고 점잖게 '임하부인林下婦人'이라고 생각하는 게 좋다. 그러노라면 노란 입술 속에 거뭇거뭇한 씨앗을 품고 벌어진 임하부인은 한술 더 떠서 하얗고 되직한 액체를 방울방울 떨어뜨리고 있다. 유혹을 이기지 못하고 혀를 대보면 달콤한 맛에 흠뻑 취할 것만 같다. 자연은 왜 이렇게 인체를 닮아서 점잖은 사람의 마음을 흔들어 놓는지 모르겠다.

임하부인을 열매만 봤으니 꽃이 궁금했다. 꽃은 얼마나 예쁠까. 임하부인은 어떤 모양으로 꽃을 피울까. 이토록 점잖은 사람의 정서까지 흔들어 놓는 열매는 어떤 꽃의 열매일까. 그런데 그 꽃을 보고 말았다. 올봄에 좌구산 바람소리길에 갔는데 입구에서 우연히 으름덩굴의 꽃을 만났다. 이 꽃을 정을 가지고 관찰한 것은 처음이다. 엷은 보랏빛으로 피어난 것도 있고 붉은 보랏빛으로 피어난 것도 있다. 모두 꽃잎 석 장을 바짝 오그리고 있다가 활짝 피어난다. 참 예쁘다. 열매를 생각하니 꽃이 이렇게까지 예쁘다는 것이 믿어지지 않았다. 이렇게 예쁜 꽃에서 어떻게 그렇게 민망한 열매가 맺힐 수 있을까? 오그린 꽃잎 속에 수술 다섯 가닥이 고만고만하게 올라와 있다. 그런데 손톱보다도 작은 수술 모양이 꼭 수컷을 닮았다. 끄트머리는 동그스름하게 거북이 머리를 닮아 있고 그 아래는 영락없는 거북이 모가지의 축소판이다. 어찌 저럴 수 있을까. 저것들이 자라서 바나나 모양의 열매가 되었다가 농익으면 임하부인이 된단 말인가. 그렇지만 수컷이 어찌 열매로 자랄 수가 있겠는가. 바나나 모양의 열매는 아무래도 암컷에서 연결되었을 것이다. 꽃송이들이 소복소복 포도송이처럼 매달려 있다. 그 한 송아리가 나중에 으름의 열음모둠이 되었다가 익어 쩌~억 벌어져 임하부인이 되겠지. 농익어 끈적끈적한 액체도 방울방울 맺혀 남의 심정을 어지럽히기도 하겠지. 자연은 이렇게 부분 부분이 인체를 닮아 있다.

사람은 작은 우주이다. 으름덩굴꽃이 수술 다섯 개를 품고 있듯이 인체는 자연의 구석구석을 다 오그려 품고 있다. 인체는 자연의 축소판이고 대우주를 상징하는 모형이다. 여기에 착한 영혼까지 스며있으니 인간은 자연의 생태를 모두 품고 있는 소우주이다.

으름덩굴꽃이 임하부인이 되는 봄부터 가을까지 모습을 민망하다고 말하지 말자. 그것은 누구도 따라 할 수 없는 인간의 모습을 엿보이고 있는 것이다. 으름덩굴은 커다란 나무를 타고 올라가 임하부인의 생태를 은밀하게 보여주는 소우주이다. 으름덩굴이 꽃은 열매를 그리워하고 열매는 봄을 품고 있다는 자연의 섭리까지 가르치고 있다.

봄이 가을을 그리워하는 것은 가을이 봄의 흔적을 담고 있기 때문이다. 가을 열매에 봄꽃의 그림자는 남아 있어도 붉은 보랏빛 고운 꽃잎은 간 곳을 모르니 그리울 수밖에 없다. 봄꽃은 가을이 그립고 가을 열매에는 봄의 기억이 그립다. 이렇게 자연은 인간의 사랑과 그리움까지 닮아 있다. 들꽃도 인간도 과연 작은 우주이다.

_2019년 5월 5일
좌구산 바람소리길에서

감꽃 삼형제

때맞추어 잘 왔구나. 감꽃이 피었다. 고향집 주변에 몇 그루 남은 감나무에 꽃이 피었다. 감나무 아래 서서 올려다보면 윤기가 많은 감잎에 가려서 꽃은 잘 보이지 않는다. 그러나 자세히 보면 감꽃만큼 심오한 덕을 지닌 꽃도 없다.

감잎 사이로 한 가지에 나란히 피어 있는 감꽃 세 송이를 발견했다. 한 송이는 꽃잎이 끄트머리부터 옅은 갈색으로 변하기 시작했고, 한 송이는 꽃잎 네 장이 활짝 피어 특유의 현미색이 이들이들하고, 또 한 송이는 이제 싱싱한 꽃받침 속에서 사각뿔 모양 봉오리가 열네 살 소녀 젖멍울처럼 뾰족하게 얼굴을 내밀기 시작한다. 흡사 삼 형제 같다.

예전엔 감나무가 참 많았었다. 마당가에도 있고 텃밭 둑에도 있고 울타리 안에도 아름드리 감나무가 있었다. 감꽃이 피면 보리가 누렇게 익는다. 보리누름이면 감꽃을 주워 목걸이를 만들어 걸었다. 목걸이 감꽃이라도 하나씩 빼 먹어야 했던 힘겨운 보릿고개도 보리 마당질과 함께 마루를 넘어서게 되었다. 딸따름한 맛인 감꽃에는 여린 희망의 빛이 보였다. 너른 마당에 보릿단을 펴고 여러 식구들이 하나 되어 도리깨질을 하면서도 힘든 줄 몰랐던 것도 다 감꽃이 주는 희망 덕분이었다. 감꽃과 함께 형제들은 마당 가득 웃음소리로 하나가 되곤 했다.

감꽃이 많이 피어야 가을에 감이 많이 열린다. 봄에 감나무에서 '윙윙' 벌들이 요란하게 날갯짓을 하는 그해 가을엔 고향집 골짜기가 온통 붉은색으로 하나가 되었다. 사실 암술과 수술 사이 매파 노릇을 하는 벌이 사람의 양식까지 마련하는 것이다. 생태계에서 벌이나 나비가 사라지고 나면 다음에 죽어갈 생명들을 생각하면 끔찍하다. 벌도 나비도 생태계 존속의 근본이 된다.

힘겨움이 크면 클수록 가을은 풍성하다. 가을의 풍요를 위해서 나는 꽃피기 전에 분무기를 짊어지고 감나무에 올라가야 하는 어려움도 참아냈다. 감나무 아래 구덩이를 파고 퇴비를 한 지게씩 부려야 하는 힘겨움도 잘 참아냈다. 그래도 감을 실컷 먹을 수는 없었다. 어머니는 떫은맛을 우려낸 감으로 돈을 샀다. 할머니는 곶감을 만들어 제수로 갈무리를 했다. 그래서 나는 물러터진 감만으로도 만족해야 했다. 그렇게 절제를 가르치던 어른들은 이제 이 세상에 안 계신다. 이제는 감을 실컷 먹을 수 있는데 그 시절만큼 실컷 당기지는 않는다.

아버지는 감꽃을 보면서 형제간의 우애를, 늦가을 나무 꼭대기에 마지막 홍시를 까치밥으로 남기면서 자연과 공유를, 곶감을 갈무리하면서 조상과 제사의 의미를 가르치셨다. 대추가 임금이라면 밤은 삼정승이고 곶감에 씨가 여섯 있으니 육판서가 아니냐며 제사상에 올리는 자리를 일러주셨다. 나는 내가 존재해야 할 순서와 자리를 터득해갔다.

감꽃을 들여다보면서 참 많은 생각을 한다. 여덟 남매가 한집에서 왁자하게 살던 옛날, 할머니 아버지 어머니 말씀, 온 마을이 모두 한집안이던 이웃과의 인緣과 연緣을 관계 지으며 살던 일, 나무도 새도 집에서 기르던 짐승도 더불어 살아가던 삶의 이야기가 감꽃 삼 형제에서 연줄연줄 끊임없이 쏟아져 나온다. 감꽃 삼 형제는 한 가지에 피었으니 모두가 하나이다. 우리 조상들은 전통적으로 인간은 자연과 분리된 것이 아니라 총체적 합일이라 믿었다. 율곡栗谷 선생도 '일즉다 다즉일—卽多 多卽—'이라 했으니 진정 맞는 말이다.

한 가지에 피어나는 감꽃 삼 형제도 결국은 하나이듯이 우리 형제도 이 세상 모든 생명도 결국은 하나이다. 조금 더 고요해진 마음으로 유택에 계신 부모님을 뵈러 간다.

_2016년 5월 26일
죽림동 고향집에서

미선尾扇과 부채바람

단오는 양기가 성한 날이다. 그저 양의 숫자만 겹친 것이 아니라 실제로 온 누리에 양기가 이들이들하다. 이때는 산딸나무, 층층나무, 때

죽나무 같은 활엽수들이 하얀색 꽃들을 피우기 시작한다. 하얀색 꽃들은 더 짙어진 녹색 나뭇잎 사이에서 지순한 얼굴을 감추기도 하고 녹색에 대비되어 더 새하얗게 피어나기도 한다. 꽃보다 녹음이 성한 것도 양기의 덕이고, 녹음에 대비되어 순결하게 보이는 것도 양기가 넘치는 모습이다.

단오에는 임금이 신하들에게 단오부채를 나누어 주었다고 전한다. 부채를 하사받은 사람들은 부채에 금강산 일만이천 봉을 그렸다. 사대부들은 사군자를 그리고 기생이나 무당은 버들개지 복사꽃을 그려 지녔다는데 이것이 선면화扇面畵이다. 부채에서 금강산 바람이 불기도 하고, 사군자나 복사꽃 바람이 불었을지도 모를 일이다. 풍습이 요즘보다 낭만적이라 옛사람이 부럽다.

단오가 꼭 한 주일 남은 금요일에 미동산수목원에 갔다. 고희古稀가 바로 저기인 우리네 남자도 솟아오르는 양기만큼은 참을 수가 없다. 수목원 둘레길 이십 리를 걷는 두 시간 동안 화제는 변화무상하다. 백제 역사를 더듬다가 중국 전국시대로 넘어간다. 힌두교와 불교의 교리를 넘나들다가 류현진의 야구나 손흥민의 축구로 들어서기도 한다. 법성게를 말하는 친구, 초한지를 말하는 친구, 오이농사에서 삶의 철학을 논하는 친구도 있다. 나는 늘 백제 부흥운동사에 침을 튀긴다. 막바지에서 차를 한잔 마실 때쯤 우리는 어느새 새 책 세 권을 읽은 것만큼이나 배가 부르다. 한 주 동안에 머리에 낀 이끼를 깨끗이 헹구어낸 셈이다. 이럴 때는 입으로 오른 양기도 쓸 만하긴 하다.

차를 마시고 일어설 때쯤 반갑게도 나의 수필창작교실 문우 강 선생을 만났다. 그래서 잠시 그니와 동행하게 되었다. 한 모롱이를 돌아서는데 길가에서 미선나무를 발견했다. 이른 봄 운 좋게 꽃 사진을 촬영한 곳이다. 사진작가이기도 한 그니를 보자 지금쯤 미선나무 열매가 달렸을 것이란 생각이 일었다. 친구들과 떨어져 그니와 미선나무 열매를 찾으려고 주의 깊게 살폈다. 드디어 찾았다. 미선나무가 작고 앙증맞은 초록색 부채를 나풀나풀 매달고 있었다. 금방이라도 맑은 바람이 일어날 것만 같다. 가지마다 초록색 미선尾扇이 소복소복 매달렸다.

오늘따라 주체할 수 없이 넘치는 양기에 그냥 지나칠 수 없다. 미선나무 열매를 보면 왜 '미선'이란 이름을 갖게 되었는지 바로 알 수 있는 그런 모양새이다. 바로 그 열매가 미선이다. 미선은 옛 궁중 연회 때 임금의 좌우에서 시녀가 들고 있던, 마치 귓불을 맞붙여 놓은 것 같은 커다란 부채가 바로 그것이다. 미선은 대나무로 얇은 살을 만들고 그 위에 한지를 붙여 만들었다. 궁중의 큰 의식이나 연회 때 사용한 부채의 일종이다. 그런데 미선나무 열매가 꼭 미선을 닮았다.

단오 때 미선나무 열매는 초록색이다. 그런데 열매가 익어가면서 차츰 연분홍색으로 변한다. 가장자리부터 연분홍색이 시나브로 붉은색으로 변하다가 완전히 익으면 고운 빛은 퇴색하여 갈색이 된다. 갈색 열매는 미선의 완성된 색이다. 미선이 익어가는 모습은 어쩌면 자연의 섭리를 따르는 것인지도 모른다. 초록에서 분홍으로 이글이글 타는 붉은 색이었다가 성숙한 갈색이 되는 과정이 말이다. 사람살이의 한

틀이기도 하다.

작고 앙증맞은 미선을 보며 미선과 미선나무 꽃과 열매의 인연을 이야기하는 동안 친구들은 멀리 가버렸다. 나는 갑자기 민망해서 도망가듯 친구들의 꽁무니를 찾았다. 그녀는 다른 길로 가고 나는 친구들을 따라오느라 서둘렀다. 나는 어느새 산에서도 선생이 되어 있는 모습을 발견하고 쑥스러웠다. 그러면서도 그니만큼은 나의 이야기를 부채처럼 생긴 미선나무 열매에서 나오는 맑은 바람으로 받아들여 주기를 바라는 과분한 욕심을 부렸다.

단오에 임박해서 청곡 오근석 화백의 선면화전이 있었다. 역시 수필교실 문우인 여원 송 선생이 포스터까지 구해다 주면서 권하기에 공예관으로 찾아갔다. 오근석 화백은 명성만 들었지 일면식도 없어 인사 나눌 때 나를 비교적 자세하게 설명해 드렸다. 청곡 선생은 친절하게 부채에 그린 그림의 내용, 동기와 아울러 어려움까지 설명해 주었다. 전시회에 가서 작가의 설명을 듣는 행운을 얻게 된 것이다.

부채가 바람을 일으키듯 그림도 바람을 담고 있었다. 난에서도 대나무에서도 바람이 일었다. 눈 덮인 산야에서도 동트는 산에서도 바람이 일었다. 화가라도 바람을 선면扇画에 담는 것은 결코 쉬운 일은 아닐 것이다. 바람은 투명해서 스스로 존재를 드러낼 수 없기에 하는 말이다. 바람은 누군가를 흔들어 깨워야 비로소 자기 존재를 드러낼 수 있다. 청곡 선생은 내면의 바람을 선면화를 통하여 우리에게 전해주는 것이 아닐까 하는 생각을 했다. 선생은 난이든 대나무든 마음의 바람을 일으켜 우리를 흔들어 깨우는 것이다. 화첩에 섬동 김병기 시인이 쓴 발문을 보니 '시대의 새로운 문화를 일으키는 시풍時風'이라고 했다. 작품 중에 미선은 없어 아쉬웠지만, 미선나무 열매를 발견했던 감동을 되새기기에 충분했다. 나도 섬동 선생의 소망처럼 그 바람이 맑은 바람이기를 발원했다.

청곡 선생의 자상한 설명을 듣다가 한 손으로는 부치기도 어려울 만큼 커다란 방구 부채를 발견했다. 걸려 있는 부채에 그림은 여백이 많지만 선생의 음성만큼이나 맑은 바람이 이는 듯했다. 부채는 커도 내게 불어오는 바람은 오히려 안온했다. 안온한 바람이라도 마음은 오히려 더 크게 흔들린다. 부채는 부채로만 바람을 일으키는 것이 아니라 선면화에 담은 작가의 마음이 대중을 향해서 바람을 보내는 것이란 생각에 이르게 되었다.

선면화에서는 작가 내면의 바람이 분다면 옛 궁중의 미선에서는 어떤 바람을 일으켰을까. 왕을 섬기는 궁녀의 진정한 사랑이 담겨 있었을까. 백성에게 보내는 임금의 충정을 담아 보냈을까. 꽃이 지고 막 제모양을 갖춘 미선나무 열매를 처음 봤을 때 내 가슴에 일었던 바람은 과연 문우인 강 선생 일행의 가슴까지 전해졌을까. 미선나무 작은 열매이지만 단오절 초록 양기만큼이나 그들 가슴에 큰 흔들림으로 전해졌을 것이라 믿고 싶다.

단오절을 맞이하여 나는 운 좋게 '부채'라는 화두에 묻혀 살았다. 문우 강 선생은 물론 그 자리에서 만나지는 못했지만 나의 수필교실 문우들이나 세상 모든 사람들에게 보내는 나의 한마디 말씀이나 한 줄의 글에서도 청곡 선생 부채 못지않은 맑은 바람이 일어 커다란 울림으로 전해지기를 소망해 본다.

_2019년 5월 31일
미동산수목원에서

섬초롱꽃 인연

아파트 정원 담 너머에 섬초롱꽃이 피었다. 이름이 섬초롱꽃이라 섬에나 피는 줄 알았더니 우리 아파트에도 피었다. 축대로 쌓은 커다란 돌 위 한 줌밖에 안 되는 흙에 뿌리를 내리고 가뭄을 견디어 꽃까지 피운 것이다. 꽃은 한두 송이가 아니다. 밑동에서 세 갈래로 갈라진 줄기에 조롱조롱 매달렸다. 하얀 초롱에 박힌 보라색 점이 아침 햇살을 받아 보석 가루를 뿌린 듯 화려하다. 그중 한 가지는 밑동이 꺾여 쓰러진 채로 꽃을 피웠다.

주변의 흙을 모아 북을 주어 대궁끼리 서로 버팀목이 될 수 있도록 세워 주었다. 바람이라도 불면 어찌하나 했지만 섬돌에서도 뿌리를 내리고 세찬 바람에 꽃을 피워 섬사람들의 마음에 초롱불을 밝혀준 공덕이 있는 꽃이니 믿어볼 만했다. 마음은 자꾸 돌아 보이는데도 매정하게 돌아선다.

돌아서서 정원에서 나오려는데 쓰레기 분리수거장에서 붉은색 비닐봉지가 바람에 날려 온다. 라면 봉지였다. 다시 분리수거장에 갖다 놓으려고 집으려 하니 숨바꼭질하듯 요리조리 피해 달아난다. 그러다가 작은 단풍나무의 버팀목 사이로 들어간다. '이젠 됐다' 하고 집어 들고

일어서다가 버팀목에 머리를 '콩' 하고 부딪쳤다. 순간 '이런 재수 없어.' 하는 생각이 들었다. 그리고는 문득 모든 것은 인연으로 이루어진다는 생각이 들었다.

"섬초롱꽃만 보지 않았다면", "라면 봉지만 줍지 않았다면", "나무에 버팀목만 없었다면", 나는 머리를 부딪치지는 않았을 것이다. 섬초롱꽃에서 시간을 끌었기에 라면 봉지를 만났고 그걸 줍다가 버팀목에 머리를 부딪친 것이다. 그러므로 애초에 섬초롱꽃을 보고 그냥 지나쳤더라면 머리를 부딪치는 일은 없었을 것이다.

인연因緣이란 참으로 묘한 것이다. 인因과 연緣에 의해서 또 하나의 인연이 일어난다. 因이란 내가 지은 것이고 緣이란 주변의 환경에 의하여 주어진 것이라고 한다. 섬초롱꽃에 북을 주느라 시간을 끌거나 라면 봉지를 주우려고 머리를 구부린 것은 因이라면, 섬초롱꽃의 거친 환경이나 버팀목의 존재는 緣이라고 할 수 있다. 그래서 머리를 부딪치는 일이 나타난 것이다.

'액땜'이란 말이 있다. 내가 과거에 저지른 과오에 대한 업보는 언젠가 받게 되어 있는 것이 인연이고 연기라면, 오늘 머리를 부딪치는 것으로 '액땜'을 한 것이다. 과거에 모르는 사이에 저지른 엄청난 과오에 대하여 그만한 업보를 받아 크게 다치거나 목숨을 내놓아야 하는 일이었는데 머리 부딪치는 것으로 땜질이 되었을지도 모르는 일이다. 그렇다면 참으로 감사하고 다행스러운 일이다. 범사에 감사하라던 말씀이 예사로운 말씀이 아니구나. 만약에 섬초롱꽃에 북을 주지 않고 돌아셨다면 라면 봉지를 만나지 못했을 것이다. 라면 봉지를 만나지 못했으면 머리를 부딪치지는 않았을지 모른다. 그러면 언젠가 더 큰 화를 입었을지도 모르는 일이다. 인연은 복으로 올 수도 있고 재앙으로 돌아올 수도 있는 일이다.

此有故彼有 此起故彼起 (차유고피유 차기고피기)
이것이 있기 때문에 저것이 있고, 이것이 일어나기 때문에 저것이 일어난다.
此無故彼無 此滅故彼 (차무고피무 차멸고피멸)
이것이 없으므로 저것이 없고 이것이 멸함으로 또한 저것도 멸한다.

– 佛說長阿含經大本經下中 十二緣起에서 –

섬초롱꽃은 울릉도가 원산지라고 한다. 그렇게 멀리서 여기까지 와서 내게 복 짓는 일을 허락해 주었다. 그래서 다가올 화가 소멸되었으니 참으로 감사한 일이다.

_2016년 6월 2일
아파트 정원에서

다래꽃 깊은 사랑법

미동산수목원에 갔다가 다래꽃을 만났다. 입안에 침이 돈다. 백두대간 장성봉 올라가는 깊은 계곡에서 맛본 달달한 다래가 생각난 것이다. 입에 넣고 톡 터뜨리면 새콤달콤했다. 열매가 이렇게 달달한데 꽃은 또 얼마나 예쁠까. 깊은 산에서나 봐야 할 다래꽃을 수목원에서 본다. 처음이라 더 신비롭다. 다래꽃은

깊은 산에서나 피고 때를 맞추어야 하기에 아무에게나 쉽게 보여주지 않는 꽃이다. 꽃은 아침 햇살이 반짝이는 잎사귀 뒤에 숨어 소복소복 땅을 향해 피었다. 쉽게 내어주지 않는 얼굴이라 더 예쁘다. 꾸밈도 없고 티끌도 한 점 묻지 않았다. 청초하단 말이 맞을 것 같다.

꽃잎 다섯 장은 연두색을 띤 흰색이다. 다섯 장 꽃잎 안으로 꽃술이 소복소복 까맣다. 열매를 앞으로 싹둑 잘랐을 때 과육 속에 씨앗이 동그랗게 박혀 있던 모습 그대로다. 신비스러운 다섯 장 꽃잎이 까만 수술을 에워싸고 있다. 어, 그런데 암술이 없다. 암술이 없으면 그건 미

래가 없는 것이다. 암컷이 없는데 어찌 미래를 기약할 수 있겠는가.

꽃 더미를 두리번거렸다. 다른 줄기에서 조금 더 옅은 옥색 꽃이 보였다. 그런데 꽃잎 속에 연두색 작은 대추 모양 씨방이 있고, 그 위에 여남은 꽃술이 마치 용접 불꽃 튀듯이 터지는 꽃을 발견했다. 그건 분명 암술이다. 다래덩굴은 암꽃과 수꽃이 따로 있구나. 꽃으로부터 덩굴 밑동까지 따라 내려가 보았다. 다른 나무이다. 다래덩굴은 암나무 수나무가 따로 있다. 식물도감에서 다래나무를 찾아보니 정말 그렇다. 꽃을 보다가 별걸 다 알게 되었다.

다래꽃은 꽃말이 '깊은 사랑'이라고 한다. 꽃말의 연유가 재미있겠다. 다래덩굴은 한도 끝도 없이 하늘을 향하여 덩굴손을 내민다. 사랑의 손짓이다. 달래라는 처녀는 자신의 신분을 잊어버리고 양반집 도령을 사랑했단다. 도령도 달래를 사랑했다. 사랑은 운명처럼 다가왔다. 어리고 예쁜 달래는 마음 놓고 도령을 사랑할 수 없었겠지. 나이가 들자 도령이 공부에 파묻혔다. 아니 부친의 명에 묶여 더 이상 달래를 만날 수 없었다. 아니 달래는 잠시 잊었을지도 모른다. 달래는 그만 그리움에 지쳐 상사병으로 죽고 말았다고 한다. 신분이라는 사회규범이 사랑을 가로막은 것이다. 사회제도나 계급이 청춘 남녀의 아름다운 꿈을 주저앉혔다. 전설은 그렇게 주인공을 파멸시킨다. 여린 달래의 꿈을 방관만 하던 마을 사람들도 그때야 도령의 문 옆에 묻어 주었다고 한다. 죽은 다음에서야 어여쁘게 여기는 얄궂은 정서를 전설에서 본다. 이듬해 무덤에서 덩굴줄기가 돋았다. 담을 타고 올라가 공부하는 도령의 창을 향하여 덩굴손을 뻗었다. 달래의 깊은 사랑이다. 높은 창에서 청초하고 예쁜 꽃을 피웠다. 달래는 도령을 사랑하는 마음을 달콤한 열매에 담아서 전하고 싶었을 것이다. 절실한 사랑은 어떻게든지 이루고야 만다. 사람들은 달콤한 열매를 다래라고 이름 지었다. 이름조차 달콤하다. 슬픈 사랑이라서 열매가 더 달콤한지도 모른다.

다래꽃 전설은 다래덩굴이 암수가 따로 있고 암꽃과 수꽃이 따로 피는 자연의 이치를 받아서 지어낸 우리 겨레의 사랑 이야기이다. 슬픈 사랑을 담은 이야기지만 깊은 사랑은 결국 죽어서라도 이루어낼 수 있다는 가르침을 담고 있다. 맞다. 암꽃 수꽃도 사랑이 깊으면 열음을 이룰 수 있다.

김시습의 소설 〈이생규장전〉은 다래꽃 전설과 서사구조가 꼭 닮았다. 그와 같은 사랑 모티프가 겨레의 공동심의였나 보다. 낮은 신분 여성인 달래가 양반인 도령을 사랑했다면 이생규장전에서는 남성인 이생이 최 낭자를 사랑한다. 이들은 모두 양반댁 재자가인才子佳人이다. 이생이 남몰래 담을 넘어 최 낭자와 정을 통하고 사랑을 이룬다. 달래가 담을 넘어 사랑의 열매를 전하듯 이생은 최 낭자에 대한 사랑을 담 너머로 전한다. 이생은 당시 통념으로는 상상할 수 없을 만큼 적극적이었고 최 낭자도 거리낌 없는 행동으로 사랑을 받아들인다. 몰래 하는 사랑은 다래처럼 달콤하게 마련이다. 그러나 몰래 하는 사랑을 부정하게 여기는 사회규범에 부닥친다. 그래도 그들의 진한 사랑은 철벽같던 부모를 감동시켜 허락을 받아낸다. 그런데 최 낭자가 홍건적의 난을 만나 어이없는 죽임을 당한다. 다래꽃 같은 사랑은 혼란의 역사에 막혀 안타깝게 막을 내린다. 이생의 깊은 사랑은 결코 최 낭자를 포기하지 않는다. 최 낭자는 영혼으로 돌아와서 둘의 사랑은 다시 이어진다. 깊은 사랑이 이른바 인귀교환人鬼交歡을 이룬 것이다. 이 소설은 깊은 사랑은 담도 넘고 생사의 벽도 넘어서 향하는 곳이 진실이라는 새로운 관념을 우리에게 심어주었다.

  암나무 수나무가 따로 떨어져 서로 다른 꽃을 피우는 다래덩굴이 안쓰럽다. 암꽃은 수꽃이 얼마나 그리웠을까. 도령을 그리다가 죽은 달래만큼 그리웠을 것이다. 수꽃은 또 암꽃이 얼마나 그리웠을까. 꽃이나 사람이나 절절한 사랑은 쉽게 이루어졌으면 좋겠다. 암수가 멀리 떨어져 있을수록 그리움은 깊어지고 깊은 그리움일수록 사랑의 덩굴손을 있는 힘을 다해 뻗어간다. 깊은 사랑은 결국 가루받이를 이루고 열매를 맺는다. 인간의 사랑도 깊이만큼 이루어졌으면 좋겠다. 수꽃이나 암꽃처럼 바람 부는 대로 사랑이 향하는 대로 꽃가루를 날리면 안 되는 것일까. 이생규장전 가르침처럼 윤리의 울타리에서 뛰쳐나와 다래꽃 사랑법을 이루었으면 좋겠다.

다래꽃이 멀리서 암수 따로 핀다 하여 안쓰럽게 생각하지 말자. 다래덩굴은 온 산을 뒤덮으며 얼크러져 깊은 사랑을 이루어내니 말이다. 반상班常도 빈부도 없이 사람들에게 자연 사랑법을 깨우치고 있다. 아무리 사회가 막아버린다 해도 깊은 사랑은 좌절하지 않는다.

사랑은 꽃을 피우게 마련이다. 꽃이 피어도 깊은 사랑이 없으면 열매를 맺지 못한다. 규범이나 역사의 혼란이라는 담장을 넘어서지 못하면 열매를 맺지 못한다. 열매를 맺지 못하는 꽃은 미래가 없다. 자연도 사람도 깊은 사랑 없이는 열매도 없고 열매 없이는 존속할 수 없다. 사랑은 깊어야 할 일이지 규범에 좌절할 일은 아니라는 게 하늘의 가르침이다.

다래꽃, 볼수록 예쁘다. 깊고 아름다운 사랑 생태계의 축소판이다. 한여름 가뭄도 비바람도 넘어서 가을을 기약하는 깊은 사랑이 저렇게 열매를 닮아 있다니 우주의 원리는 알아볼수록 신비롭다.

_2018년 6월 4일
미동산수목원에서

껍질 벗는 대나무

담양 죽녹원에는 대나무들이 껍질 벗기를 하고 있었다. 껍질 벗기를 끝낸 대나무들이 서슬이 퍼렇게 죽의 장막을 치고 있었다. 하늘로 치솟는 대나무 숲에서 남이 보거나 말거나 껍질을 훌훌 벗어던지고 있는 것이다.

여기저기에서 껍질 벗는 대나무들은 제각기 껍질 벗는 과정을 보이려고 스스로 연출하는 것처럼 보였다. 이를테면 석류 껍질이 터지듯 이제 막 껍질에 균열이 생기기 시작하는 놈도 있고, 균열 생긴 껍질이 벌어지면서 분가루가 하얗게 묻어나는 초록의 몸뚱이를 드러내기 시작하는 놈도 있고, 초록의 몸뚱이가 윤기를 내면서 퇴색된 껍질은 도르르 말려 땅으로 떨어지는 놈도 있고, 도르르 말린 껍질이 다 떨어져 버리고 언제 그런 낡은 옷을 걸쳤었는지 다 잊어버린 채 누더기 하나로 치부를 가리고 있는 놈도 있었다. 누더기조차 다 벗어버린 대나무는 제게 껍질이란 없었다는 듯 큰아기처럼 탐스러운 종아리를 드러내고 초록을 받으려 하늘로 뻗어가고 있었다. 껍질 벗는 진통을 끝내고 이제 끝없는 성장만 남은 미래가 다 보이는 것처럼 그렇게 또래들과 죽의 장막을 치고 있는 것이다.

나는 껍질 벗는 대나무를 발견하고 그제야 죽순을 찾기 시작했다. 왕겨 속에서 피라미드처럼 암갈색으로 돋아 오르는 맹종죽孟宗竹이다. 이것이 맹종의 효심에 감동하여 돋아났다는 그 죽순이다. 죽순은 암갈색 비늘에 겹겹이 둘러싸여 도대체 속을 알 수가 없다. 그런데 그런 피라미드 모양의 작은 죽순 옆에 키가 훌쩍 자란 죽순이 하나 더 있었다. 아니 주변에는 온통 죽순 천지이다. 그야말로 우후죽순이다. 아주 작은 것부터 이제 막 껍질에 균열이 시작되는 것까지 순서대로 줄을 서 있었다. 마치 대나무 껍질 벗기가 죽순으로부터 20m나 하늘로 치솟은 대나무가 되는 과정으로 생각해도 될 것처럼 말이다. 짐작할 수도 없는 그녀의 속내도 성숙하여 단단해지면 껍질을 벗을 수밖에 없는 모양이다. 아니 옷을 벗는 것이다. 옷을 벗고 윤기 흐르는 속내를 드러내는 것이다. 옷을 벗는 순간 그녀는 모든 가능성을 내포한 성인이 된다.

　죽순은 그냥 껍질을 벗는 것은 아니다. 속이 단단해져야 껍질을 벗는다. 눈 속에서 돋아난 맹종죽도 결국은 맹종의 효성에 감동한 죽순이 속이 차서 몸을 드러낸 것이 아닌가. 속이 차야 알몸을 드러낸다. 내공이 쌓여야 스스로 정한 규범이든 세상이 얽어매어 놓은 규범이든 잊어버리게 된다. 그냥 자신이 규범이 되는 것이다. 규범의 껍질, 규범의 옷으로부터 벗어나면 바로 온전한 어른이 된다.

　죽순은 암갈색 껍질을 벗으면서 대나무가 되듯 사람은 규범의 옷을 초월하면서 어른이 되고 성인이 된다. 죽순은 속이 단단하고 굵어진

다음에 아랫도리까지 다 벗어던져야 속살을 드러내도 부끄럽지 않은 큰 대나무가 된다. 오히려 만질만질한 종아리가 떳떳하게 생각될 것이다. 대나무는 속이 굵고 단단해져야 옷을 벗는다. 사람도 속이 차고 튼실해진 후에 껍질을 벗어야 남이 손가락질하지 않는다. 남이 나를 손가락질할 때 화를 내기 전에 굵지도 만질만질하지도 않은 알몸을 드러내는데 서두르지나 않았는지 살펴볼 일이다.

허 참, 가만히 들여다보면 세상 만물이 다 나의 스승이다.

_2017년 6월 6일
담양 죽녹원에서

칠보산 함박꽃

신라 법흥왕 때 유일대사가 괴산 쌍곡리에 절을 세우려고 공사를 시작했다. 이때 까마귀 떼가 나타나더니 대팻밥을 물고 어디론가 날아갔다. 스님이 따라가 보니 어느 작은 연못에 대팻밥을 떨어뜨렸다. 그런데 그 연못 안에 석불이 있었다. 스님은 연못을 메우고 그 자리에 절을 짓고 '연못에 부처님이 있어 깨달음을 얻었다.覺有佛於淵中'라는 의미로 각연사覺淵寺라 하였다. 보개산각연사는 칠보산 아래에 있는 것으로 다들 알고 있지만 대웅전은 보개산을 주봉으로 칠보산을 안산으로 하고 있다.

대웅전에서 바라보이는 동남쪽 계곡으로 낙락장송 그늘 아래 산철쭉 꽃을 바라보면서 한 시간 반쯤 오르면 칠보처럼 아름다운 칠보산이다. 각연사 부처님은 날마다 중생이 아닌 칠보를 바라보고 있다. 대웅전 바로 앞은 비로전이다. 비로전 돌부처님은 오른손으로 왼손 검지를 감싸 쥐고 있는 비로자나부처님이다. 처음 연못에 계셨던 부처님인지 알 수는 없지만 지권인智拳印으로 세상은 모두 하나임을 가르치고 있다. 천년을 칠보만 바라보고 한 번도 다른 곳에 눈길을 준 것 같지 않다. 하지만 한 곳만이 아니고 온 누리의 중생을 향하고 있을 것이다. 광배 구름무늬 속에 핀 연꽃은 혹 목란이 아닐까 싶다. 신라의 다른 부처님처럼 화려하지는 않지만 단아한 모습이다. 과연 진리의 세계, 불법의 세계를 두루 통솔할 것 같은 상호이다.

지난 유월 초 칠보산에 또 올랐다. 각연사에 차를 두고 청석재로 올라가 정상에서 백두대간을 조망하고 활목고개로 내려오기로 했다. 처음 보는 것은 아니지만 통일대사 탑비를 얼른 보고 싶었지만 돌아간 까닭은 청석재에서 778m 정상에 올라 각연사를 본 다음 내려오는 길에 각연사 중창 스님의 탑비를 보면 다른 감동이 있을 것이라는 생각이 문득 들었기 때문이다. 일행은 부부등산모임이라 걸음이 느리다. 그 대신 주변을 다 돌아볼 수 있다. 지난 사월 산불처럼 타오르는 산철쭉은 이제 다 지고 푸른 활엽수가 유월의 따가운 볕을 가려주고 있었다.

정상에서 바라보이는 희양산, 장성봉, 대야산으로 이어지는 백두대간은 수려하기 이를 데 없다. 장성봉에서 한 줄기가 꿈틀꿈틀 내려와 보개산을 이뤄내고, 거기서 둘로 나뉜 한 줄기가 활목재에서 고개를 한 번 숙인 다음 불끈 칠보산을 일으켰다. 칠보와 보개가 빚어낸 목란의 화심자리에 각연사가 앉아 있다. 비로자나부처님은 백두대간의 기운을 쓸어 담고 있는 터전에 좌정하여 여기 정상에 서 있는 나를 보고 있을지도 모를 일이다.

정상에서 내려와 활목고개를 지나 통일대사탑비에 이르렀다. 천여 년 전 고려 광종 대에 조성된 것으로 알려졌는데 기단 위에 귀부, 비신, 이수가 완벽하게 갖추어져 전해지는 것은 놀라운 일이다. 지난번에는 보지 못했던 기이한 꽃무늬를 발견했다. 귀부의 등 가운데 비신 받침에 연꽃을 엎어놓은 모양인 복련좌 무늬인 것이다. 복련좌는 사실은 목란이라 불리는 함박꽃이 피는 모양새이다. 이렇게 아름다운 비신이 각연사를 향하고 있다.

통일대사탑비에서 조금 내려오면 각연사 부도탑 2기가 있다. 부도탑 바로 아래를 돌아오다가 문득 함박꽃을 발견했다. 한 250cm 높이의 작은 나무인데 널찍널찍한 잎으로 하늘을 가리고 그 아래 숨어서 하얗게 피었다. 어떻게 이렇게 고울 수가 있나. 새하얀 꽃잎 한가운데 노란 화심이 있고 그 주변을 우아한 보랏빛 수술이 둘러쌌다. 백작약 모습을 닮았다. 그래서 함박꽃이다. 연꽃도 하늘을 향하여 피고, 백작약도 하늘을 향하여 핀다. 그런데 함박꽃이라 불리는 목란은 땅을 향해 핀다. 목란이랑 비슷한 목련은 수명을 다하면 하루아침에 우수수 져버리지만, 함박꽃은 연꽃밭에 간 것처럼 지는 것도 있고 피는 것도 있고 잎새 뒤에는 새알 같은 봉오리도 숨었다. 그야말로 피고지고 또 피는 무궁화처럼 두고두고 피어난다. 은은한 향기도 부처님 자비처럼 멀리멀리 퍼져나간다.

옛날에 한 선비가 공부만 하느라고 건강을 돌보지 않아 콧병이 생겼다. 지금으로 이르면 축농증이 생긴 것이다. 냄새도 맡을 수 없고 더러운 콧물이 주체할 수 없이 흘렀다. 코에서 지독한 냄새가 나서 가족들조차 슬슬 피했다. 선비는 죽어버릴 결심으로 산에 올라 칡넝쿨을 끊어 올가미를 만들어 나무에 걸고 목을 매었다. 그때 나무꾼이 소리치며 만류했다. 선비는 자결에 실패하고 병을 고쳐줄 의원을 찾아 유랑생활을 떠났다. 어느 마을에 도착했다. 의원이 있어 진찰을 받았는데 흔히 볼 수 있는 목란꽃 말린 것으로 처방해 주었다. 헛일 삼아 달여 먹었는데 축농증이 서서히 나았다.

우리는 목란, 산목련, 천여화, 신이화辛夷花 등 여러 가지 이름으로 불리는 함박꽃 전설을 이야기하며 소담하고 어여쁜 꽃과 은은한 향기에 취했다. 생각해보니 함박꽃은 각연사 비로자나부처님이 바라보는 바로 그 자리에 피었다. 통일대사 탑비의 이수도 이곳을 바라보고 있다. 아니 비신 받침 복련좌가 바로 이 함박꽃인 목란을 본떠 그린 것이 아닐까 하는 생각도 들었다. 칠보산 정상에서도 보개산 정상에서도 여기가 중심이다. 통일대사 부도탑도 여기를 바라보고, 각연사 본래 절터에 있는 석조귀부도 목이 남아 있다면 여기를 바라보고 있는 셈이다. 여기가 중심이다. 하늘도 땅도 온 세상이 나를 향하고 있고 나로부터 시작이다. 부처님 자비가 이곳으로 모여들고 구원의 손길이 여기에서 시작한다.

함박꽃은 묵상인지 수줍음인지 땅만 바라보고 있다. 백두대간으로부터 각연사 골짜기까지 뻗쳐 내려온 온갖 기운에 감응하여 피어난 꽃이다. 함박꽃이 곧 비로자나부처님이고 통일대사이다. 그 영험으로 선비는 축농증이 낫고, 나는 법열인지 푼수인지 벙글어지는 미소를 감출 수가 없다.

내려오는 길, 각연사 둘레 붉은 꽃들이 깔깔거리며 웃고, 푸른 나무들이 두 손을 모았다. 물소리는 범패가 되고 새소리는 게송이 되었다. 나는 가슴이 터질 것도 같고 하늘을 날 것도 같았다. 보개산을 올려다보니 산도 물도 꽃도 나도 부처도 모두가 하나다.

_2018년 6월 9일
괴산 칠보산에서

엉겅퀴에게 물어봐

엉겅퀴꽃을 발견했다. 길 아래 비탈에 여기저기 자주색으로 피어 있다. 큰 소나무 아래에서 한 번 쉬고 다시 걷다가 출발점에서 한 7km쯤 지난 곳에서다. 억새를 비롯한 키 큰 풀들이 무성한 틈을 비집고 올라와 닭의 무리에 서 있는 고고한 한 마리 학처럼 뚜렷한 제 색깔로 꽃을 피웠다. 먼 데서 바라봐도 예쁘다. 바라보면 엉겅퀴꽃인데 혹 뻐꾹채일 수도 있다. 둘은 아주 닮은 꽃이다. 자줏빛이 진한 것으로 보아 엉겅퀴가 분명하다.

미동산수목원 둘레길을 오른쪽에서 왼쪽으로 계속 두 시간쯤 걸으면 원점으로 돌아오게 된다. 숲이 짙어서 그늘을 지어주므로 한여름에도 걷기에 좋다. 우리 네 사람은 함께 걸으며 역사 이야기, 세계 종교 이야기, 생태계 이야기, 문학 이야기, 꽃 이야기 등 이야기 주제에 한계가 없다.

나는 이야기를 슬슬 거들면서 길가에 핀 들꽃 들풀을 찾는다. 요즘에는 금은화로 불리는 인동덩굴 꽃도 피었고, 산수국이나 다래덩굴꽃도 찾았다. 꽃을 찾으면 즉시 스마트 폰으로 접사를 한다. 각시붓꽃이나 꿀꽃 같은 키가 작은 꽃들은 거의 땅에 엎드려서 찍어야 한다. 때로는 가시덤불을 헤치고 풀숲으로 들어갈 때도 있다.

엉겅퀴꽃 사진을 찍으려면 허리까지 올라오는 억새는 물론 며느리밑
씻개 같은 가시 돋친 덩굴을 헤치고 언덕을 한 20m 정도 내려가야 했
다. 길가에 피어도 되는데 왜 이렇게 험한 곳에 피었을까. 나는 바짓가
랑이를 감고 놓아주지 않는 며느리밑씻개 덩굴을 떼어내며, 억새풀을

잡다가 손을 베어가며 엉겅퀴 꽃대가 올라온 풀숲으로 내려갔다. 가까이서 보니 더 곱다. 가시가 있는 것으로 보아 분명 엉겅퀴이다. 화심으로 들어갈수록 짙은 자줏빛이 신비롭다. 겉이 예쁜 것들은 속까지 예쁘다. 어떻게 이런 빛깔을 낼 수 있을까. 다 같은 땅에서 다 같은 물을 길어 올려 하나의 태양을 바라보며 피었는데 이렇게 신비로운 자줏빛을 낼 수 있는 자연은 누구일까. 보면 볼수록 더 아름답다. 자줏빛 바늘잎이 보드라워 손바닥으로 쓸어 보고 싶었으나 참았다. 상대가 예쁠수록 고귀해 보일수록 함부로 손을 댈 일이 아니다.

엉겅퀴는 함부로 범접할 수 없다. 아름답기에 범접하기 어렵고 가시가 있어 가까이하기 더 어렵다. 함부로 범접할 수 없으니 꺾어 소유할 욕심은 감히 내지 못한다. 어눌한 영혼으로 아름다운 엉겅퀴에게 말을 건넨다. 아니 사랑을 고백한다. 나는 너의 아름다움에 빠졌노라. 너의 손을 잡고 싶고, 너를 가슴에 안고 싶고, 너에게 입맞춤을 주고 싶다. 달콤한 꿀물을 길어주랴, 자주색 황홀한 공기를 찾아주랴. 세상 귀한 것을 다 찾아 너에게 안겨주고 싶으니라. 나는 네게 뭐든 주는 것이 기쁨이라. 내겐 그것만이 사랑이고 생명이라. 내가 너를 사랑하는 것만큼 너는 내 사랑을 받아만 다오. 네 주위에서 난 다른 아무것도 찾을 수 없다. 아마도 내 시선이 뭉개졌나 보다. 자수정처럼 투명한 네 꽃송이 외엔 아무것도 보이지 않느니라.

스마트 폰으로 접사를 시도한다. 카메라를 더 갈 수 없을 만큼 가까이 대어본다. 꽃 그림 한가운데 빨간색 동그라미가 흔들리다가 어느새 초록으로 바뀌었다. 이때다. 검지로 콕 찍으니 '찰카닥' 찍혔다. 나는 이미 아름다운 너를 가져버렸다. 너를 소유한 것이다. 도망하지 못하게 꼭꼭 주머니에 넣고 돌아온다. 그러나 영혼까지는 움켜쥐지는 못했을 것이다.

엉겅퀴꽃은 자주색으로 예쁘게 피었어도 요염하게 보이지는 않는다. 그냥 예쁘고 색깔이 고상하다. 이 꽃은 한 줄기에 서너 송이 정도 필 뿐이지 여러 송이가 소담하게 피지 않는다. 흐드러지게 피었다는 말이 이 꽃에겐 어울리지 않는다. 그냥 고고하다. 꽃이 욕심이 없어 보는 사람의 검은 욕심까지 헹구어낸다.

엉겅퀴꽃은 절대 쉬워 보이지 않는 여인 같은 꽃이다. 이념이 견고하다. 잎새에 드뭇하게 돋은 가시는 도도하다. 자줏빛 나는 꽃이나 바늘처럼 돋아난 꽃잎이 근엄하다. 그러나 나는 그 여인을 사진으로만 모셔왔을 뿐 마음을 갖지는 못했다. 나의 고백은 허공으로 날아가 버렸다. 아니 너무 아름다워 마음까지는 욕심내지도 못했다. 거죽만 가져오면서 사랑을 묻고 싶었으나 묻지도 못했다. 아니 묻지 않은 것이 나았을지도 모른다. 아마 나았을 것이다. 허공을 바라보니 바람 한 점 없이 독한 땡볕만 내리쬔다.

나는 아직도 묻지 못한 사랑이 궁금한데 세 친구는 아직도 텃밭 농사 이야기에 빠져있다.

_2018년 6월 15일
미동산수목원에서

산딸기 생일상

○○

생일이다.

아내의 도마 소리에 잠이 깨었다. 그렇구나. 오늘이 생일이었구나. 문득 어머니가 그립다. 엊그제가 할아버지 제삿날이었다. 전쟁 중에 무거운 몸으로 할아버지 제사를 모시고 이틀 만에 나를 낳았으니 얼마나 힘드셨을까?

자리에서 벌떡 일어났다. 어머니를 뵈러 삼십 리를 달려갔다. 일꾼들도 나오지 않은 들이 고요하다. 봉분에 새끼 개망초들이 한 뼘씩 자랐다. 그놈들이 잔디가 마실 이슬도 받아 마시고 맑은 바람도 차지해서 잘도 자랐다. 잊어버린 마음자리에나 나는 개망초 새끼들을 다 뽑아 버렸다. 이것들아, 내가 어떻게 잊어버리겠느냐. 객지에 나가 있을 때 저녁마다 내 밥을 떠 놓고 기다리던 어머니를 어찌 잊을까. 여덟 남매 키우느라 달고 맛난 것은 자식에게 밀어 놓고 상하고 거친 것만 자셔도 얼굴 한번 찡그리지 않던 어머니를 어떻게 잊을까.

허리를 펴고 일어서다 보니 제절에 인동덩굴이 꽃을 피웠다. 제절을 넓히느라 쌓은 석축을 타고 오르는 담쟁이덩굴 사이를 비집고 하얀 꽃 노란 꽃을 예닐곱 송이나 피웠다. 음력 오월 열나흘, 주변에 무성했

던 인동꽃이 이미 시들어 다 떨어졌는데 때늦어 피어난 꽃이 반갑다. 무관심한 아버지, 넉넉지도 않으면서 크기만 했던 종부의 살림살이, 시증조부까지 층층시하, 여덟 남매 키우느라 일평생이 엄동설한이었다. 모진 풍상을 다 견디고 견디어 '후유—' 한숨 내쉴 수 있을 때쯤, 중병 얻어 이승의 강을 건너셨다. 엄동설한을 다 견디어 피워낸 꽃이 반갑다.

스산한 마음 가눌 길 없어 제절을 서성거리는데 비석 지나 제절 너머에 산딸기가 빨갛게 익었다. 축축 늘어진 덩굴딸기다. 해넘이에 밭일 끝내고 돌아오시면서 칡잎으로 접은 고깔에 빨갛게 익은 딸기를 한 움큼 건네주셨다. 달고 오돌오돌하게 톡톡 터지는 그 맛을 나는 아직도 잊을 수가 없다. 생일이면 절구에 수수를 빻아 수수팥떡을 만들어 주셨다. 장가들어 성가해서도 미역을 사가지고 오셨던 어머니, 오늘은 푸짐한 딸기 생일상을 마련하여 나를 기다리셨을까. 이른 새벽 달려오기를 참 잘했구나.

도래석을 비집고 여기저기 댕댕이덩굴이 서너 뼘씩이나 늘어졌다. 며칠 전에 다 뽑아냈는데도 기를 쓰고 뻗어간다. 어머니는 댕댕이덩굴을 끊어 모았다가 긴긴 가을밤이면 어두운 마루에 앉아 소쿠리도 만들고 채반도 만들었다. 두어 말 들이 커다란 보구리도 만들고 허리에 차는 조그만 다래끼도 만들었다. 가끔씩 사랑채 지붕 위로 떠오르는 달을 바라보면서 귀뚜라미 울음소리에 흥얼흥얼 푸념도 섞으면서 가늠할 수 없는 고독을 삭이셨다. 징글징글하다던 아버지 곁에 누웠으니 지금도 댕댕이덩굴로 더듬더듬 무엇인가 만들면서 끓는 애간장을 녹이실까.

산딸기를 두어 개 따서 입에 넣어 보았다. 톡 터지면서 씨가 오도독 씹히는 감각이 예나 다름없다. 어리석은 막내는 어머니가 차려준 생일상이 달고도 달다. 아니 시디시다. 태중에서도 엄마에겐 고통스러운 짐이었던 나를 생각하니 쓰디쓰다. 그 신산한 맛을 이제 알아본다.

신산辛酸한 맛이 마치 어머니의 신산했던 삶인 것 같아 생일날 새벽에 나까지 신산하다. 눈을 들어 먼 하늘을 바라본다.

_2016년 6월 18일
선영 부모님 묘소에서

도깨비가지꽃도 꽃이다

　미호천 자전거 길을 달리다가 처음 보는 꽃을 발견했다. 첫날은 그냥 지나쳤다가 다음날 궁금증을 견디지 못하고 살펴보았다.

　색깔이 자주색으로 꼭 가지꽃 같았다. 가지나무만큼 키가 크지 않은 작은 꽃나무가 무더기로 어우러져 꽃을 피웠다. 대궁은 가지와 비숫한데 삐쭉삐쭉 가시가 나 있었다. 잎은 가지 잎과 비슷하면서도 갈라짐이 많고 잎끝이 뾰족뾰족했다. 꽃도 가지꽃과 거의 비슷하게 닮았다. 연보라색 꽃잎은 갈라진 듯 갈라지지 않은 통꽃이다. 홍합조개 모양으로 벌어진 노란 암술 사이를 비집고 수술이 초록색 대가리를 내밀었다. 가지마다 뾰족한 가시가 있는 것이 영 마음에 들지 않았다. 가지 나무를 닮긴 했지만 어쩐지 속임수 같고 연보랏빛은 순진함을 유혹하는 것 같아 정이 가지 않았다.

집에 돌아와 인터넷으로 검색하여 보니 '도깨비가지꽃'이란다. 우리나라 토종이 아니라 북아메리카에서 넘어온 생태교란식물이라고 한다. 심지어 가을 10월경에 열리는 열매는 독성이 있어 먹으면 죽을 수도 있다니 도깨비라는 이름이 그럴싸하다. 열매는 보지 못했지만 그림을 보니 꼭 감자 열매 같았다.

순간에 그 꽃이 미워지기 시작했다. 여름철 곤충의 세계를 어지럽힌다는 중국 꽃매미가 생각났기 때문이다. 이름도 흉측한 도깨비가지꽃이 어떤 경로로 아름다운 미호천까지 들어왔는지 궁금했다. 무더기로 피어난 것으로 미루어 보아 수크령이나 방동사니처럼 일부러 씨를 뿌린 것은 아닐까 하는 생각도 들어 잠시 관리하는 이들이 원망스러웠다.

바꾸어 생각하면 스스로 독을 품고 싶은 생명이 어디 있을까? 우리도 살다 보면 주변이 독을 만들어 주는 것이지 스스로 독을 지니려는 사람은 없을 것이다. 삶의 환경에 독이 있으면 더 독한 독을 지니게 되는 것도 사람이다. 그러다가 자신도 모르게 '도둑놈'도 되고 '개놈도 된다.

아름다운 모습과 향기를 지니고 싶지 않은 꽃이 어디 있을까? 이리 저리 옮겨 다니며 자리를 골라 살 수 없는 들풀은 제가 사는 곳에 적응할 수밖에 없다. 그러다가 도깨비바늘꽃처럼 '도깨비'도 되고 도둑놈의갈고리꽃처럼 '도둑놈'도 된다. 제 소망과 다르게 도깨비가 되어버린 도깨비가지꽃이 안쓰럽다. 게다가 도깨비가지꽃은 같은 외래식물인 가시박처럼 하천 방천을 뒤덮으며 다른 식물의 삶을 방해하진 않는다.

나를 중심으로 세상을 바라보면 나를 중심으로 선악을 판단하는 오류를 범하기 쉽다. 지금까지 나로부터 '개놈'으로 불린 사람도 그만의 철학을 지닌 사람이다. 다만 그의 철학을 내가 인정할 수 없었을 뿐이다. 내가 그를 '개'라 부르면 그도 나를 '개'라 부를 것이다. 도깨비가지꽃도 꽃이다. 지금까지 보이지 말았으면 했던 그도 나름의 아름다움을 지닌 꽃이다.

_2016년 6월 23일
미호천에서

2
부

사람들은 수컷을 하늘이라 여기지만 하늘말나리는 암컷이 하늘이다.

생각해보면 모든 꽃은 암술이 하늘이다.

암컷을 하늘로 생각하니

저희들끼리 다툴 필요가 없는 것이다.

하늘말나리의 하늘

옥천 화인산림욕장에 갔다. 화인산림욕장은 안내중학교에서 안남면 소재지로 넘어가는 화학리 고개에 있다. 칠팔 년 전 화학산성 답사 갔던 일이 있다. 이 골짜기를 간신히 찾아 지도를 보면서 화학산성으로 올라갔다. 성은 다 무너지고 다래덩굴이 뒤덮어 성벽을 볼 수조차 없었다. 그런 데다가 시커먼 살모사 부부를 만나서 기대했던 화학산성 답사를 포기할 수밖에 없었다. 하늘은 보지 못하고 뱀만 보고 내려온 것이다. 뱀을 싫어하는 나는 그 후에도 화학산성을 다시 답사할 생각을 아예 하지도 않았다. 그런데 그 옆에 화인산림욕장이 있었던 것이다.

화인산림욕장은 메타세쿼이아, 잣나무, 리기다소나무, 토종 소나무 등 30년 이상 된 나무들로 숲을 이루었다. 그중에 메타세쿼이아는 이 삼림욕장에서 주인 노릇을 하는 가장 볼만한 나무다. 화학리와 인포리에서 한 자씩 따서 화인산림욕장이라고 이름을 지었나 보다.

완만한 숲길을 걸으면 좋은 이야기만 나누게 된다. 이름대로 삼림욕을 실컷 하도록 지그재그로 길을 내놓았다. 대화가 좋아 십 리 남짓 산길이 금방이다. 하늘을 찌르는 메타세쿼이아 숲이라고 나무만 보이는 것도 아니다. 나무 아래에는 가지가지 들풀이 살고 거기서 들꽃이 피어난다. 버섯도 돋았다가 사라진다. 수많은 미생물도 살고 있을 테고 지금은 이미 산중의 왕이 된 멧돼지도 살고 있는 흔적이 보인다. 멧돼지가 지렁이나 땅강아지를 찾느라 낙엽을 헤쳐 놓은 풀숲이 수두룩하다. 멧돼지가 금방 멱을 감은 늪지도 있고 몸을 비비고 간 참나무도 있다. 이들은 다 숲에서 경쟁 없이 공존한다. 그들에게 에너지를 무제한 내려주는 태양이 있기 때문이다.

내려오는 길에 풀숲에 혼자 피어 있는 하늘말나리 꽃을 만났다. 하늘말나리는 이름 그대로 하늘을 향해 핀다. 한줄기에 주황색으로 피어난 세 송이가 나란하다. 하늘을 향해 더 높게 올라간 놈도 처진 송아리도 없다. 서로 시기하지도 않고 제가 더 예쁘다고 나서지도 않고 하늘에 먼저 닿겠다고 경쟁하지도 않는다. 일란성 쌍둥이처럼 똑같다. 꽃잎 여섯 장, 수술 여섯 개, 암술 한 개가 어김없이 똑같다. 한
줄기에서 올라와 끄트머리에서 셋으로 갈라져서 그런가 보다. 저희끼리 동기간임을 알고 있을까.

하늘말나리는 땅을 향해 피는 땅나리나 하늘도 땅도 아닌 중간 세계를 보고 피는 중나리랑 다르게 하늘을 향해서 핀다. 그래서 하늘나리이다. 이 아이들은 하늘을 향해서 무얼 바랄까. 무엇을 바라든지 똑같이 바라겠지. 꽃잎도 여섯, 수술도 여섯이서 저희들의 작은 하늘인 암술을 에워싸고 승은承恩 내려드릴 날을 기다리고 있을 것이다. 하늘에서 받은 은혜를 저희들의 하늘인 암술에 내려드릴 날을 말이다. 사람들은 수컷을 하늘이라 여기지만 하늘말나리는 암컷이 하늘이다. 생각해보면 모든 꽃은 암술이 하늘이다. 암컷을 하늘로 생각하니 저희들끼리 다툴 필요가 없는 것이다. 승은은 싸워서 얻어지는 것이 아니라 운명적 만남으로 이루어진다. 하늘의 에너지를 받아 저희들 하늘에 함께 내려드리면 되는 것이다.

나의 하늘은 무엇일까. 저렇게 쭉쭉 뻗은 나무 사이로 내게 내려줄 하늘빛은 어떤 색깔일까. 나는 한 줌이라도 빛살을 더 받으려고 누구와 다투지는 않았을까. 결국은 주는 대로 받을 수밖에 없는 것을….

메타세쿼이아가 하늘을 가린 사이로 햇살은 빛살이 되어 은총처럼 내리고 있다. 하늘말나리꽃이 더욱 이들이들하다.

_2019년 7월 4일
옥천 화인산림욕장에서

무궁화가 피면

　벌써 무궁화가 피었다. 활짝 핀 무궁화를 보면 '아니 벌써'라는 생각이 퍼뜩 든다. 마루 끝에 앉아 담장 아래 피어난 무궁화 꽃을 바라보시며 곰방대에 담배를 담아 엄지손가락으로 꾹꾹 누르던 할머니가 생각난다.

　안채랑 사랑채를 이어 쌓은 토담 아래에 열두 살 내 키보다 큰 무궁화나무가 한 그루 있었다. 해마다 이맘때쯤이면 연분홍 꽃이 한 송이씩 피어나기 시작했다. 나는 무궁화 꽃이 반가웠다. 할머니는 볼이 오목해지도록 곰방대를 빨아들이면서 '무궁화 꽃이 피었으니 인제 백일만 지나면 쌀밥 먹는다.'라고 하셨다. 그리고는 잔바람에도 흔들리는 호밀 대궁처럼 연약한 나를 바라보셨다. 나는 여름엔 누구나 먹는 보리밥을 유난스럽게 싫어하던 철없는 손자였다.

　미동산수목원에서 무궁화 전시회를 한다. 정문에서부터 길 양쪽에 도내 각 시군에서 가꾸어 꽃을 피운 무궁화를 전시했다. 나무 화분에 심은 무궁화가 참 예쁘고 소담하게 꽃을 피웠다. 종류도 무궁무진하다. 홍단심은 홍단심대로 백단심은 백단심대로 깔끔하고 고고하다. 꽃잎도 꽃술도 하얀 배달계는 무명옷을 잘 손질해 입은 한국의 여인처럼 수수하다. 아사달계는 배달계에 화려함이 더 보태졌다. 한 송이가 피었다 지면 옆에서 새로 한 송이가 피어난다. '무궁무궁 무궁화 피고 지고 또 피어 무궁화라네.'하는 노랫말처럼…….

스마트 폰에 무궁화를 담으려니 할머니가 그립다. 백일만 있으면 쌀밥을 먹는다던 할머니는 지금은 이 세상에 안 보인다. 연약한 손자에게 간절하게 쌀밥을 먹이고 싶던 할머니도 나보다 오히려 보리밥이 더 싫으셨을 것이다. 할머니는 저 언덕에서 아직도 쌀밥 먹을 날을 손가락으로 꼽으며 기다리실까.

할머니, 즘심에 모밀국수를 먹었슈. 인저는 유, 쌀밥이 싫증나유. 옛날에는 밥이 읎서 할 수 읎이 먹었던 모밀국수를 먹었다니께유. 파전을 안주로 막걸리도 마셨슈. 그리운 할머니, 지금은 쌀밥도 괴깃국도 그립덜 않은 세상이 돼 버렸단 말유. 모밀국수에 파전이 맛나고, 그렇게 싫던 보리밥을 쌀밥보다 비싸게 사 먹는 요상한 세상이 되었단 말유. 보리밥에 열무김치를 얹어 고추장에 쓱쓱 비벼야 밥 먹는 것 같은 세상, 할머니는 잘 모르시쥬? 그런디 고런 요지경 같은 세상이 되어 번진 걸유. 무궁화가 무궁무진 피고 지고 또 피듯이 참고 기다리며 손가락 꼽아온 덕인지 천지개벽을 했슈. 쌀밥에 괴깃국이 그립지 않은 세상, 무궁화 덕인개뷰. 아니, 참고 기다리는 걸 가르쳐 주신 할머니 덕인개뷰. 뼈속까장 아리고 저린 할머니 사랑 덕인 걸 지도 다 알고 있다닝께유. 할머니도 및 해만 더 사셨으면 쌀밥을 실컷 잡숴보는 건디, 내 할머니나 남의 할머니나 한국의 할머니들은 복도 참 지질이도 읎슈. 오천 년 동안 여윈 손자들 바라보며 애간장만 태우다 밥숟가락 놓으셨으니, 에구…….

할머니는 여든다섯이 되던 1968년 쌀이 귀한 음력 7월 초사흗날 아미타부처님을 외며 앉아서 돌아가셨다. 무궁화가 피지 않아도 쌀밥을 먹을 수 있는 정토로 찾아가셨다. 할머니께서 돌아가시고 5년도 안 되어 이 나라는 여름에도 쌀밥 먹는 나라로 바뀌었다. 나라 경제가 나아진 덕도 있었지만, 양석만 먹어도 황감하던 논에서 오배출까지 생산되는 '통일벼'란 새 품종이 나왔기 때문이다. 손자들에게 그토록 쌀밥을 먹이고 싶던 할머니 음덕이라는 건 나이가 들어서야 깨달았다. 그러나 지금도 쌀밥을 먹을 때마다 할머니를 생각하지는 못한다. 무궁화가 피어야 담배를 눌러 담으시며 넌지시 나를 건너다보시던 할머니가 떠오른다. 고희가 바로 저기인데 나는 아직도 미몽이다.

미동산수목원에 아름다운 무궁화가 피었다. 돌아가신 할머니가 다시 살아오신 것처럼 또 피어났다. 무궁화는 한 송이가 지면 다른 봉오리가 바로 피어난다. 할머니가 돌아가셔도 이 땅에 할머니가 없어지는 게 아니듯이 말이다. 간절히 기다릴 것도 신기할 일도 아니지만 이제 100날만 지나면 햅쌀밥을 먹을 수 있을 것이다.

_2017년 7월 7일
미동산수목원에서

개망초꽃 피는 이유

떠난 사람들의 자리에는 개망초가 꽃을 피운다. 개망초꽃은 떠난 사람들의 자리에 떠난 사람들의 한처럼 하얗고 하얗게 피어난다. 길가, 논두렁, 밭둑, 산기슭 절개지 뿐만 아니라, 자손의 마음이 떠나 낮아진 묘의 봉분에도 피고, 묵정밭, 오래된 집 마당에도 피어난다. 자손 잃은 사당의 기왓장 사이에도 피고, 주인 떠난 농촌 허전한 뒷간의 문턱에도 핀다. 개망초는 도회에도 핀다. 아파트 정원 구석에도 피어나고, 전봇대 아래에도 피고, 가로수 곁에서도 하얗게 꽃을 피운다. 마치 떠난 사람들의 입김처럼, 떠난 사람들이 한스럽게 내뱉는 노랫가락처럼 하얗게 피어난다. 개망초꽃은 사람들의 발길 뿐만 아니라 마음만 떠나도 피어난다.

6월에 보일 듯 말 듯 엷은 자줏빛을 띠면서 피어나기 시작한 개망초꽃은 7월의 햇살에 새하얗게 표백되어 8월까지 간다. 엷은 자줏빛 한가운데 처음에는 초록 섞인 노란색 꽃술이 소복하다가, 꽃잎이 자줏빛을 잃어갈 무렵 그 꽃술다발은 샛노랗게 성숙한다. 손길 보드라운 여인이 만들어낸 달걀프라이 같다. 그래서 재미있는 사람들은 이 꽃을 '달걀프라이꽃'이라 부르기도 한다.

개망초는 줄기나 잎에 보송보송한 털이 있다. 꽃이 피기 시작하면 가늘어지기 시작한 줄기에 난 솜털은 꼭 초겨울 쇠잔한 노인의 팔뚝에 난 솜털 같다. 9월이 되어 꽃대궁이 마르기 시작하면 논둑에 앉아 담배 피우는 노농老農의 장딴지처럼 여위어 간다. 그러다가 저보다 대궁이 훨씬 더 굵고 키도 큰 망초가 그 무성한 곁가지에 한여름 떼를 지어 몰려드는 하루살이 같은 어수선한 꽃을 피우기 시작하면 슬며시 자취를 감춘다.

개망초는 아무리 메마른 땅이라도, 아무리 사람들이 들끓던 장마당이라도 1, 2년만 마음이 떠나 있으면 살림을 차린다. 한번 씨가 떨어지면 하얗게 군락을 이룬다. 속설로는 개망초와 사촌 격인 망초가 자리를 잡으면 농사를 망친다고 해서 망초라 한다고 했다. 그렇게 농민에게 한을 준 망초처럼 개망초는 농민의 한을 대변한다.

올해는 개망초꽃이 지천으로 피었다. 도로를 달리다가도 언뜻 바라보이는 묘지는 온통 개망초꽃으로 뒤덮여 있다. 자손들이 묘지를 돌아보던 자취만 남은 오솔길에도 하얗게 꽃으로 덮이었고, 봉분도 제절도 알아볼 수 없을 만큼 키 큰 꽃으로 하얗게 뒤덮였다. 잔바람이 불면 돌아간 사람의 수의가 날리듯 그렇게 일렁거린다. 조상의 음덕에 감동할 줄 모르는 자손에 대한 원망처럼, 자손에게 감동을 남기지 못한 삶의 여한처럼, 개망초꽃은 그렇게 바람에 일렁인다.

묵정밭에 피어나는 개망초꽃은 동학의 흰 저고리 같다. 묵은 따비든 텃밭이든 고래실이든 2년만 묵으면 개망초가 꽃을 피운다. 세상 사람들의 인정에 굶주린 농민의 넋이 흰 저고리를 입고 몰려나와 함성을 지르는 것 같다. '하늘 아래 대본'이란 말이 진정이 아니라 말뿐이었다는 걸 이제 알아차린 농민의 아픔이 하얗게 출렁거린다. 소박했던 소망이 무너져 하얗게 하늘을 덮는다.

보리 마당질하던 시골 마당에도, 잘 가꾸어 봉숭아, 분꽃, 상사화가 피던 뜨락의 화단에도, 무너진 뒷간 흙벽돌 위에도, 연자방아 돌다 멈춘 그 자리에도, 밥 짓다가도 두어 걸음에 고추를 한 줌 따올 수 있던 텃밭에도 개망초꽃이 피었다. 개망초꽃은 '예쁠 것도 없는 사철 발 벗은 아내와 귀밑머리 검은 어린 누이가 이삭 줍던' 아직도 햇볕은 따가운 텃논에도 피었다. 개망초는 떠나는 이들의 자리를 바라보는 우리들 가슴에도 하얗게 꽃을 피운다.

개망초꽃이 시대를 아는가? 농민이 버리고 떠난 논과 밭에, 마음 떠난 빈집에 숲을 이루었다. 개망초꽃이 떠난 사람들의 한이 피어난 꽃이라면 올해는 그들의 한이 한층 더 깊은 모양이다. 떠난 사람들의 한을 사람들이 알아주지 못하는 시대의 절규처럼 여기저기 지천으로 피었다.

개망초는 사람들이 떠난 자리에서 꽃을 피운다. 사람들의 마음이 떠나 버린 땅에서 흐드러지게 꽃을 피운다. 천지를 하얗게 뒤덮은 개망초꽃을 보면서 푸근하지만은 않은 것은 떠난 자리에 피기 때문인가 보다. 올해 온 천지를 하얗게 지천으로 피어난 개망초꽃은 무엇으로 피었을까? 소망일까, 한일까. 원망일까, 절망일까. 아니, 누군가의 절규일까.

_2006년 7월 9일
미호천에서

댕댕이덩굴꽃에 어리는 어머니

아직은 추억을 더듬으며 살 나이는 아니다.

나는 이렇게 내 나이를 부정하고 싶다. 그런데도 다른 이의 작품은 멀리하고 과거의 내 졸작에 취해 아련한 추억에 젖어 있는 때가 많다. 그뿐 아니라 꽃을 보면 미래를 그리워하지 못하고 이제는 보내드려야 할 어머니만 보인다. 들꽃을 보면 민중이 보이고 민중의 삶이 보이고 민중의 아픔을 보아야 하는데 어머니가 보인다. 아무리 부정해도 추억에 젖어 추억을 더듬으며 애상에 젖는 노년의 생리를 어쩔 수 없는 나이인가 보다. 떨쳐 버리자. 추억의 미로에서 뛰쳐나오자. 인제는 어머니로부터 벗어나자.

남한강과 북한강이 어우러지는 양평 대명리조트에서 자고 조금 일찍 일어났다. 아직도 깨지 않은 친구들 옆에서 부스럭거리느니 리조트 주변을 산책하는 것이 나을 것 같았다.

어제 세미원과 두물머리 물소리길을 이십 리 남짓 걸어서 몸이 가뿐해졌다. 주변 산야가 아름답다. 비가 내린다던 하늘은 푸른빛이 오히려 곱다. 어머니는 하늘빛이 고운 이런 날 돌아올 수 없는 강을 건너셨다. 그리움은 무엇일까. 나의 그리움은 대상도 방향도 잊어버린 채 정서만 남아 여기까지 따라와 있다. 과거로 향하지는 말아야 한다. 나의 그리움은 지금 이 순간이어야 한다. 지금의 사랑이어야 하고 내일을 바라보아야 한다.

농가마다 울타리에 꽃이 한창이다. 리조트나 호텔 정원에 비해 꾸밈없어 편하다. 리조트 앞 어느 농가 울타리에서 댕댕이덩굴꽃을 발견했다. 산에서 난 것만큼 곧게 쭉쭉 뻗어가지는 못했다. 울타리에서 다른 덩굴풀과 엉켜서 간신히 꽃을 피웠다. 꽃은 작은 포도송이처럼 몽글몽글 연두색이다. 작은 꽃에도 꽃잎이 있고 꽃잎 속에는 암술이 있고 수술이 있다. 작은 꽃도 그리움이 있다. 짙은 남빛 열매가 소복하게 달릴 가을을 그리워할 것이다.

어머니는 여름 내내 댕댕이덩굴을 끊어 모으셨다. 가을이면 여름내 끊어 모은 댕댕이줄을 엮어서 무엇이든 만드셨다. 달빛이 사랑채 용마루를 넘어오는 차가운 마루에서 밤을 새우셨다. 커다란 댕댕이보구리, 댕댕이채반, 허리에 찰 수 있는 댕댕이바구니 같은 집에서 쓰는 그릇이란 그릇은 못 만드시는 게 없었다. 그것을 팔아 가용을 구하는 것도 아니면서 손가락이 다 무너지도록 질기고 질긴 댕댕이줄을 엮었다. 어머니 손가락은 남자 손처럼 마디가 굵어지고 엄지와 검지 끝이 갈라져서 피가 났다. 아니 성한 손가락이 없었다. 얼마나 쓰리고 아팠을까. 어쩌다가 숟가락을 집다가도 깜짝깜짝 놀라셨다. 지문조차 만질만질하게 지워졌다.

댕댕이덩굴꽃

댕댕이덩굴열매

　　어머니는 갈라진 손가락으로 댕댕이줄을 엮으며 마음으로는 무엇을 엮으셨을까. 아, 아버지, 아버지, 아버지……. 질긴 댕댕이줄마다 엮이는 질긴 아버지가 보인다. 콩이 닷 말쯤 들어갈 만큼 커다란 보구리의 댕댕이줄 결마다 엮인 어머니의 한이 보인다. 어머니에게는 한없이 소홀했던, 그래서 섭섭함만을 남기신 아버지, 아니 어머니에겐 섭섭함을 넘어서 한이 되었을지도 모른다. 닷 말씩이나 드는 보구리에도 어머니의 한이 가득하다. 한 사람의 여인을 그렇게 만든 아버지에 대한 원망도 가득할 것이다.

옛날 우리 아버지들은 다들 그렇게 우리 어머니들에게 한을 남겼다고들 한다. 나라를 위해 집을 떠나 있고, 공부를 위해 집을 비우고, 또 무엇을 위해 살림과 사람살이를 어머니에게 몽땅 떠맡기고 떠나 있는 것이라 했다. 그래야 남자다운 남자려니 했다. 국가나 사회라는 명분도 있겠지만 이면에는 곁길도 걷고 곁가지에 마음이 가 있기도 했다. 그래도 어디 모든 아버지들이 우리 아버지 원백圓白 선생만 하였을까. 아버지는 종묘제례 복원, 사직대제 복원뿐 아니라 그 밖에 크고 작은 이유, 정당하기도 하고 정당하지 못하기도 한 이유로 위아래 가족들을 어머니께 떠맡기고 번번이 집을 비우셨다. 어머니에게 아버지는 영원한 손님이셨다.

살림살이에 지친 어머니는 외로움 따위는 생각할 겨를도 없었을 것이다. 그래도 여자인 어머니는 달이 밝은 밤을 댕댕이줄이라도 붙잡고 외로움, 고독, 혼자라는 고통을 견디어내셨다. 견디어 낼 수 있을 만큼만 견딜 수밖에 없었을 것이다. 가을이면 숱하게 만들어낸 어머니의 댕댕이줄 공예품은 예술이 아니라 가슴에 박힌 고독의 옹이이다. 댕댕이보구리마다 한국 어머니들의 고독과 한을 담아낸 것이다.

지금도 고향집에 가서 보면 어머니의 보구리가, 어머니의 댕댕이줄 채반이 무너지는 바람벽에 비스듬히 걸려 있다. 어머니의 갈라진 손가락이 응어리 되어 걸려 있다. 채반 가득 보구리 가득 아직도 못다 엮은 어머니의 한이 매달려 있다. 지금도 산소 제절에는 댕댕이 덩굴이 아버지를 감으며 뻗어가고 있다. 이 아침에는 아마 댕댕이덩굴꽃도 피었으리라.

아, 나는 어느새 또 옛날을 그리워하고 있다. 아직도 어머니 품을 벗어나지 못하고 있구나. 고향에서 천 리 머나먼 길에 나와 있으면서도 어머니를, 어머니 품을, 어머니 그리움을 벗어나지 못하고 있구나. 사랑해야 할 것이 많은 지금을 그리워하지 못하고, 나아가야 할 미래의 방향도 어느새 잊어버리고 지난날을 그리워하고 있는 것이다.

나는 지금 어떤 그리움을 품고 있을까. 이제부터 어떤 아버지로 남아야 할까. 나의 그리움은 지금에 대한 사랑이어야 한다. 내일을 그리워해야 한다. 아직도 내가 해야 할 일이 많이 남아 있으려니 생각하면서 변화에 새롭게 다가가고 싶다. 무쇠솥처럼 더디게 뜨거워지지만 쉽게 식지 않도록 다지고 달구어야 할 일이다. 따뜻해서 좋지만 함부로 할 수는 없는 사랑법을 벼리어야 한다. 어머니는 아마도 그런 아버지를 소망했을지도 모른다. 아니 자식들만은 그런 아버지가 되기를 소망하셨을지 모른다. 내가 자식에게 바라는 소망이 또한 그러하다. 뜨겁지는 않지만 크고 은근하게 품어주는 사랑 말이다.

댕댕이덩굴 작은 꽃 한 송이 한 송이마다 어머니에 대한 연민이 지금 내 그리움이 되어 어려 있다.

_2019년 7월 14일
양평 두물머리에서

분꽃 피는 시간

   오후에 마로니에시공원에 나갔다. 분꽃을 보았다. 공원 귀퉁이 시비 詩碑 뒤에 숨어서 소담하게 피어났다. 공원을 가꾸려고 계획적으로 심은 것 같지는 않고, 누군가 분꽃을 좋아하는 이가 씨앗을 심었나 보다. 분꽃같이 고운 사람이 가까이에 살고 있다고 생각하니 마음이 따뜻해진다. 분꽃은 붉은색도 있고 노랑도 피었다. 어느새 노랑과 붉은색을 함께 지니고 있는 꽃송이도 있다. 긴 세모 모양 초록색 이파리 사이로 기다란 꽃자루를 내밀고 활짝 피어난 빨간 꽃이 예쁘다. 그 자리를 떠나기 싫다.

둘째 누나는 내가 열두 살 때까지 함께 살았다. 건넌방에서 수를 놓거나 헌 옷을 뜯어놓고 새로운 옷으로 마름질하다가 막내아우를 큰 소리로 부르면 나는 누나에게 뛰어갔다. 보나 마나 분꽃이 피었는지 장독대에 가보라는 것이다. 누나는 분꽃이 피면 보리쌀을 안쳤다. 물에 불린 보리쌀을 오지자배기에 담아 소리도 경쾌하게 싹싹 문질러 닦아 가마솥에 삶아낸다. 삶은 보리쌀에 쌀을 조금 섞어 저녁밥을 짓는다. 분꽃이 피면 저녁 보리쌀을 안치는 시간이다.

분꽃은 오후 네 시에 피었다. 지금도 그때처럼 오후 네 시에 핀다. 시계가 넘쳐나 시계가 필요 없는 이 시대에도 분꽃은 그 시간에 피어난다. 서양에서도 분꽃은 오후 네 시에 피는지 영어로 포어클락four-o'clock이라 한다고 들었다. 오후 네 시는 누나의 시간이다. 한국전쟁 때문에 초등학교를 겨우 마치고 공부를 중단한 누나는 종일 건넌방에서 박혀 있다. 그러다가 분꽃이 피기를 기다려 밖으로 나왔다. 그래서 나는 오후 네 시를 누나의 시간으로 여겼다. 전쟁으로 중학교에 가지 못했던 한국의 누나들은 형편이 다 비슷했다.

누나는 보리쌀을 가마솥에 안치고 보릿짚을 살라 불을 때면서 흥얼거렸다. 누나는 왜 보리쌀 안치는 시간이 즐거웠을까. 아니면 답답함을 이겨내려고 즐거운 척하는 것일까. 누나는 저녁밥을 준비하는 시간을 안온을 준비하는 시간으로 생각했나 보다. 오후의 안온을 준비하는 시간 말이다. 스물여섯 누나에게 오후 네 시가 안온을 준비하는 시간이고 분꽃은 평화를 가져다 풀어놓는 시간이었다. 해가 뒷산을 넘어가고 산 그림자가 너른 앞마당에 서늘한 실루엣을 그리며 내려앉으면 들에 나간 가족들이 돌아온다. 마당에 멍석을 펴고 누나의 저녁상이 나오면 가족들의 웃음소리가 밤하늘의 별을 따라 쏟아진다. 분꽃은 가족의 웃음소리를 준비하는 꽃이다. 분꽃은 하늘 가득 별들의 향연을 준비하는 시간에 피어난다.

오후 네 시가 넘으면 장독대에 분꽃이 피었는지 가보라던 누나, 분꽃이 피면 보리쌀 삶아 저녁밥을 안치던 누나, 분꽃이 피면 가족들의 안온을 준비하던 누나는 지금 이 세상에 없다. 스물여섯 겨울에 시집가신 누님은 환갑을 막 넘긴 나이에 분꽃이 사철 피어나는 영원한 안양安養의 세계로 떠나셨다.

마로니에시공원에 분꽃이 피었다. 지금은 안 계신 누님이 그리워지는 시간이다. 누군가 분꽃을 피워 그리우면서도 잊고 사는 누님을 일깨워주었다. 이제 공원에서 팔순에 가까운 할머니들을 만나면 내 기억의 동산에 누나의 분꽃이 깨어난다. 그분들이 모두 나의 누님 같다. 전쟁

이 끝나고 젊은 시절의 고통을 참아낸 누님들이다. 남보다 먼저 가 계신 누님의 세계에도 오후 네 시면 분꽃이 필까? 까만 씨앗 화분두花粉頭에서 발라낸 분가루를 곱게 바른 듯 얼굴 하얗던 누님이 그립다.

_2016년 7월 19일
주중동 마로니에시공원에서

달맞이꽃은 하루에 한 번씩 해탈한다

달맞이꽃은 하루에 한 번씩 해탈한다.

새벽에 버릇처럼 주중리에 갔다. 백화산에 아침안개가 가득하다. 오늘은 꼭 너를 보리라. 논둑이나 방천防川에 온통 달맞이꽃만 보였다. 새벽에 보이는 세상이 온통 하얗다. 다른 꽃들은 해를 기다려 몸을 열생각이 없는데 달맞이꽃은 아직도 이들이들하다. 달맞이꽃은 온몸을 활짝 열고 달을 배웅하고 있었다. 아니 달이 이미 가버렸는데도 노란꽃잎에 생기가 넘친다.

유월의 보름달을 맞는 지난밤 달맞이꽃에게 무슨 일이 있었을까. 설렘이 가시지 않았는지 대궁은 아직도 꼿꼿하고 뾰족한 잎사귀들도 서슬이 퍼렇다. 한낮에는 삐들삐들했다가 밤이 되면 이렇게 이들이들해지는 달맞이꽃이 기다리는 이는 달밖에 또 무엇이 있으랴. 그리던 달을 만나 밤새도록 나눈 정분에 이슬까지 흥건하다.

누군가를 사랑하여 기다리는 건 괴로운 일이다. 그러나 달맞이꽃에겐 달을 기다리는 것만큼 행복은 없을 것이다. 아무리 사랑하는 달이 눈길 한번 주지 않는다 해도, 누군가 달만을 사랑한다 하여 저주한다 해도 그는 그것이 행복이었을 것이다. 달맞이꽃이 노랗게 피어나는 것

은 '사랑한다' 말도 못하고 다소곳이 혼자 피어나도 행복하기 때문이라고 한다. 자신도 정말 혼자 하는 사랑이 더 아름답다고 여길까? 그래 맞아, 남이 보기에는 혼자 하는 사랑이 더 아름답지. 참사랑은 혼자 하는 사랑이 더 아름답다.

아름다운 주중리 들판을 한 바퀴 돌았다. 해는 이미 백화산을 넘어 주중리 너른 들판에 가득 볕으로 내려앉았다. 호박꽃, 참깨꽃, 도라지 꽃이 태양을 향해서 활짝 피어났다. 꽃이 피는 것은 우리네 생존을 준비하는 것이라 생각하니 감사하기 이를 데 없다. 활짝 피어난 꽃에 벌이 날아들고 가루받이가 끝나면 들꽃도 들풀도 우리네 양식을 준비한다. 대지는 어머니이고 들풀이나 들꽃은 우리네 젖줄이다. 방천이나 밭두둑에는 생물들이 오늘의 일을 시작한다.

돌아오는 길에 달맞이꽃을 다시 가보았다. 노란 꽃잎이 기운을 잃었다. 지난밤 보름달과 나눈 설레는 정분도 이제 시나브로 사위기 시작한다. 오늘 밤은 유월의 달이 이울기 시작하는 기망旣望이다. 달맞이꽃은 기망이라도 기다려 다시 생기를 얻으리라. 날마다 이우는 달을 바라보며 날마다 조금씩 더 애달파질 수밖에 없는 달의 속내를 안쓰러워하며 발길을 돌린다.

달맞이꽃은 하루 한 번씩 해탈한다.

_2016년 7월 19일
주중리에서

호박꽃은 아침마다 사랑을 한다

호박꽃은 아침마다 사랑을 한다.

이른 아침 주중리에 갔다. 자전거로 10분만 달리면 농촌의 공기로 숨 쉴 수 있는 곳이다. 주중리 사람들은 길가 자투리땅에 호박을 심는다. 어느 지점에서 급하게 브레이크를 잡았다. 막 떠오르는 햇빛을 받아 황금빛으로 찬란하게 되비치는 호박꽃이 보였기 때문이다. 호박꽃을 보면서 혼자 웃었다. 암꽃은 암컷처럼 골이 지고 수꽃은 수컷처럼 우뚝 섰다.

암꽃으로 피는 수량은 열에 하나 정도밖에 안 된다. 게다가 대개 호박잎 뒤에 숨어서 핀다. 널따란 호박잎을 제치며 찾아야 보인다. 암꽃은 밤새 있었던 일을 들키기나 한 것처럼 부끄럽다. 아니 호박꽃은 밤에 사랑하지 않는다. 일벌의 날개에 이슬이 마르는 아침이 되어야 사랑을 한다.

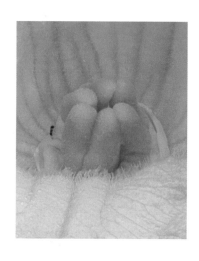

수꽃에서 꽃가루를 길어 올리는 일벌을 보면서 문득 꽃들의 비밀스러운 사랑이 궁금했다. 일벌이 꽃가루를 길어 올릴 때 수꽃은 어떤 기분일까? 내가 백두대간 능선을 내달릴 때 느꼈던 상승과 분사 후의 나른함 같은 쾌감을 경험할까? 아무래도 아닐 것 같다. 여왕벌을 위하여 평생을 기다리다 단 한 번의 사랑으로 일생을 마감하는 수벌만도 못한 것이 수꽃이다. 수컷으로 우뚝 서 있는 수술이 무슨 소용이랴. 골진 암술에 가까이 갈 수조차 없으니 말이다. 일벌 매파의 날개에나 묻어나는 꽃가루로 분사하는 쾌감을 어찌 맛보랴. 오늘 아침 갑자기 수컷들이 측은하다. 나는 내가 수꽃이라도 된 양 시들해진다.

일벌이 수꽃에서 길어온 사랑을 전해줄 때 암꽃은 어떤 느낌일까?

아픔일까, 쾌감일까, 오르가슴orgasm일까? 쾌감을 몸으로 받을까, 마음으로 느낄까? 아무래도 수술이 직접 다녀감만은 못할 것 같다. 그래도 암꽃은 일벌이 다녀가면 꽃 아래 없는 듯 숨어 있던 어린 열매의 성장 속도가 빨라진다고 한다. 온몸에 동력을 넣은 듯 활력이 인다고 들었다. 일벌이 수꽃의 사랑을 전하는 순간에 성장이 가장 활성화된다고 한다. 그렇구나. 암꽃은 오르가슴을 얻어내는 것이구나. 호박꽃이란 아름다운 별명을 가진 문우가 있다. 외롭게 살다가 늦은 나이에 새출발하여 사랑에 푹 빠졌다. 이른 아침 사랑을 하는 호박꽃을 보면서 호박꽃 친구의 사랑도 몸이든 마음이든 절정에 오르기를 빌어본다.

아침이 되면 호박꽃은 사랑을 한다. 호박꽃은 사랑을 하고 사랑을 알고 사랑을 열매로 맺으니 단순한 호박꽃만은 아니다. 호박꽃은 당당한 생명임을 깨닫는다. 사람이나 호박꽃이나 사랑이라는 섭리로 산다. 호박꽃은 인류들이 누리는 쾌감도 없이 남의 영양을 만들어낸다.

들꽃은 이렇게 우리네 생명줄이다. 나는 오늘 아침 허공에 가득하게 내리는 보배로운 섭리의 비를 작은 내 그릇에 담아온다.

_2016년 7월 20일
주중리에서

강아지풀꽃

참 오랜만에 주중리에 갔다. 한 3주간 자전거를 탈 수 없을 만큼 몸이 부실했다. 마을엔 새벽안개가 흐릿하다. 방천둑을 따라 천천히 페달을 밟는다. 시멘트로 포장한 농로에는 농민들이 논에서 뽑아 던진 피가 말라 널브러져 있다. 농민들에게 벼는 생명이고 피는 원수 같다. 농로 주변에는 제초제를 썼는지 풀이 말라 죽기도 하고 아예 맨땅인 곳도 있다. 농작물은 싱싱하고 논두렁 밭두렁은 황량하다.

마을 앞들을 두 바퀴 돌았다. 마을은 그대로다. 이른 새벽에 텃밭에서 풀을 매는 노인들 몇 분을 볼 수 있다. 작년에 나왔던 이들이 올해도 다 나와 풀을 매고 있을까. 이 풍성한 들판에서 왜 자꾸 황량한 생각이 앞서는지 모르겠다. 가뭄에도 앞 시내에 깨끗한 물이 흥건하게 흐르고 수로에는 가득 흐르는 물이 있어 황량한 느낌을 덜어주기는 한다.

벼는 한 자가 넘게 자라서 벌써 아랫도리가 통통해졌다. 도라지꽃은 피었다 지느라 보랏빛이 퇴색되어간다. 새뜻한 보랏빛 꽃을 보고 싶었는데 장마 끝에 오는 가뭄 때문인지 영양부족 때문인지 시들하다.

오늘 눈에 띄는 풀꽃은 강아지풀꽃이다. 일손이 달려 이태째 묵논이 되어버린 고래실에 강아지풀이 가득하다. 한 배미가 서너 마지기는 족히 될 듯하다. 수로에서도 가깝고 개천에서도 가까운 데다 네모반듯한 고래실이 왜 묵었을까. 일손이 부족한 까닭도 있을 테고 어느 돈 많은 도시인이 농지를 사서 묵히는 것일 수도 있다. 크고 작은 강아지

풀이 절로 자라 가득하니 그것도 잠시 보기는 좋다.

자전거를 세우고 앉아서 들여다보았다. 볼수록 재미있다. 강아지풀 꽃을 뽑아서 꽃대를 반으로 가르면 정확하게 반으로 갈라진다. 끄트머리까지 다 가르지 않고 중간쯤에서 멈추어 코밑에 붙이면 떨어지지 않고 붙어있다. 보기 좋은 카이저kaiser 수염이 만들어진 것이다. 아이들은 서로 자기 수염이 멋지다며 깔깔대다 보면 해가 서산에 기울었다.

강아지 꼬랑지처럼 보드라운 꽃을 손안에 넣고 엄지와 검지로 가느다란 꽃대를 살며시 당기면 통째로 뽑힌다. 말랑말랑한 꽃대를 쥐고 풀꽃을 세우면 강아지 꼬리 같은 꽃이 하늘하늘 흔들린다. 뒷짐을 쥔 손에 강아지풀꽃 한 송이를 감추고 공기놀이하는 여자아이들의 하얗고 예쁜 목덜미를 살짝 스쳐 간질이면 기겁을 하며 비명을 지른다. 벌레라도 기어가는 줄 알았겠지. 자기가 좋아하는 남자애인 걸 확인하면 더 소리를 지르고 울고불고 난리를 친다. 그래서 강아지풀꽃의 꽃말이 동심이고 노여움인지 모를 일이다. 뭐 그럴 수도 있겠다 싶다.

그건 그냥 어린 시절 재미있는 이야기이다. 어린 시절 나는 강아지 풀꽃이 조 이삭이었으면 좋겠다는 생각을 했다. 이놈을 눈을 가늘게 뜨고 조금만 가까이 보면 굵직한 조 이삭으로 보였다. 잘 익으면 보드라운 털 밑에 박힌 알갱이가 좁쌀 만해진다. 길가에 널브러진 강아지풀이 모두 조 이삭이면 어머니가 양식 걱정을 덜 할 것이라는 생각을 했을 것이다. 요즘 알아보니 강아지풀꽃의 익은 씨앗이 예전에는 구황식품으로 쓰이기도 했다고 한다. 그러나 강아지풀꽃 열매를 양식으로 삼아 먹는 것은 보지 못했다. 또 요즘에는 건강식품으로 쌀에 섞어 먹으면 밥맛이 좋다고도 하는데 섞어 먹는 사람을 보지도 못했고 맛이 있을 것 같지도 않다.

오랫동안 쪼그리고 앉아 있으니 무릎이 아프다. 무릎이 아픈 만큼 마음도 아프다. 고래실이 묵논이 되어가도 아무렇지도 않은 만큼 쌀이 대접받지 못하는 현실이 말이다. 고래실에 강아지풀만 가득한데도 '쯧쯧' 혀를 차며 걱정하는 농민도 없는 현실이 말이다. 쌀이 대접받지 못한다는 건 농민이 대접받지 못한다는 의미이다. 농자가 천하의 근본이란 말은 영혼 없는 위로의 말씀이 되어 버렸다. 날마다 땀과 흙을 뒤집어쓰고 사는 농투사니의 아픔이다. 결국은 나의 아픔이고 우리 모두의 아픔이 될 것이다. 농민이 숫자가 줄어들고 사람들이 농사기술을 잊어버리는 날, 그래서 식량이 무기가 되는 날이 머지않아 보인다.

마을 앞 운동기구에 매달려 있는 중년 아낙에게 말을 거느라 마을 이름을 물었다. '밧데'라고 한다. 내가 잘 믿지 않으니까 손가락으로 작은 마을들을 가리키며 일러준다. 여기는 '밧데' 저기는 '꼬장배기' 또 저쪽 마을은 '양선이'라고 한다. 내겐 '주중리'만큼 정겨운 어감은 아니다. 그녀는 시내에서 살다 몇 해 전 이사했다는 사실을 내세웠다. 그리고 묻지도 않았는데 중세 영주의 성채 같은 저택을 가리킨다. 애초에 밧데의 촌사람이 아니라는 것을 강조하는 듯했다. 그의 말 꼬랑지에는 이미 농민을 눈 아래로 보는 어감이 묻어 있었다. 농민은 우리 육신에 에너지를 넣어주는 명줄임을 잊고 사는가 보다. 하긴 그가 가리킨 저택은 농가가 모여 있는 마을 저 위에 있다.

주중리에 사는 사람 숫자는 늘어나도, 마을 사람은 줄어들고 있는 현실이 아이러니이다. 주중리가 주중동으로 발전되는 바람에 논에 볏모를 꽂을 사람은 줄어들고 있다. 참으로 묘한 발전이다. 오히려 묵논에는 강아지풀꽃만 무더기로 피어난다.

돌아오는 길 부실했던 등줄기에 땀이 흥건하다. 아침이 황량하다.

_2018년 7월 21일
주중리에서

보랏빛 도라지꽃

주중리의 새벽, 해도 뜨기 전 이른 새벽이다. 천천히 페달을 밟았다. 수로에는 어제와 마찬가지로 맑은 물이 가득 담겨 흐른다. 깨끗하다. 그런데 수로 아래 밭으로 내려가는 두둑에 보랏빛 도라지꽃이 피었다. 어제 찾던 도라지꽃을 오늘 여기서 찾았다. 작은 뽕나무가 우거지고 개망초가 꽃을 피운 풀숲에서 보랏빛 청초한 얼굴을 내밀었다. 도라지밭에서 찾지 못한 보라색 도라지꽃을 풀숲에서 찾았다.

아직 꽃이 질 때가 안 되었는데도 밭에서는 도라지꽃이 시들었는데 도라지밭도 아닌 잡초더미 속에서 보랏빛 청초한 이 꽃을 찾았다. 볼수록 색깔이 새뜻하다. 도라지는 왜 비료도 충분하고 삶을 방해하는 잡초도 없는 밭에서는 시들하고 풀이 무성한 여기서는 이들이들할까.

도라지는 사람들의 돌봄을 받으며 사는 것보다 오히려 이렇게 풀숲에서 다른 풀과 함께 사는 게 마음 편한가 보다. 그래 그렇지. 그게 맘 편하지. 그게 바로 자유일 것이다. 돌봐주는 것들은 언젠가 대가를 바라지 않겠는가. 하긴 거기가 제 고향 아닌가. 고 쌉쌀한 듯 고소한 듯 고졸한 맛이 그런 성품에서 나온 것이 아닐까.

"그려 맞어! 아무나 다 함께 사능겨. 그래야 사는 맛이 나지. 니가 사는 기나 내가 사는 기나 목숨이 둘이 아닌 건 마찬가지니께."

돌아오는 길에 주중리 사람들의 두런거림이 들려오는 듯하다.

_2018년 7월 23일
주중리에서

미나리꽃은 숨은 향기가 있네

새벽이다. 5시 20분, 주중리에 갔다.

밭과 밭 사이의 농로 옆을 흐르던 수로가 직각으로 꺾여 논으로 흘러들어 가는 부분에서 미나리꽃을 발견했다. 흐름이 느려진 부분에 흙이 쌓여 미나리가 뿌리를 내린 것이다.

맑은 물을 마시며 하얗게 피어났다. 미나리꽃을 발견하는 순간, 어린 시절 먹는 샘 바로 아래 미나리꽝에 하나 가득 하얗게 피어난 미나리꽃이 떠올랐다. 미나리는 꽃이 피어도 거기서 씨앗을 받아 번식하지는 않는 것으로 알고 있다. 미나리는 묵은 줄기를 다듬어 잘라내어 미나리꽝을 고르게 정리한 다음 훌훌 뿌려주

면 마디마디에서 뿌리가 내려 새 줄기가 연하게 나왔던 것으로 기억한
다. 웬만해서는 미나리꽃을 보기가 쉽지 않았었다. 그래서 하얗게 피
어난 이 꽃이 반갑다.

　돌미나리인 줄 알았는데 아쉽게 돌미나리는 아니다. 하얀 꽃에서도
미나리 향이 솔솔 나는 기분이다. 미나리 향을 싫어하는 사람도 있다
고 하는데 나는 미나리나물 반찬이면 뭐든지 다 좋아한다. 그 향이 좋
기 때문이다. 미나리김치, 미나리초고추장무침, 미나리냉국, 미나리무

침, 돌미나리부침개 등 향기롭고 맛난 것들이 그리운 새벽이다. 미나리김치는 생미나리의 연한 줄기를 적당한 크기로 잘라 나박김치 담그는데 함께 넣어 담그는 것이다. 조금 굵직한 미나리 줄기를 씹을 때 톡톡 터지면서 퍼지는 미나리향이 좋았다. 미나리초고추장무침도 생미나리 줄기를 적당한 크기로 잘라 초고추장에 무치면 새큼한 향이 그만이다. 보리밥에 넣고 비벼 먹으면 고추장과 버무려진 미나리 향을 즐길 수 있다. 미나리냉국이나 미나리나물무침은 미나리를 끓는 물에 슬쩍 데쳐서 갖은 양념을 넣어 조물조물 무치거나 얼음 냉국을 만드는 것이다. 돌미나리부침개도 번철에 지져내면 들기름의 고소한 맛과 미나리 향이 천생연분처럼 어울렸다. 모두가 그리운 옛 맛이고 옛 향기이다.

예전에는 지금보다 미나리나물을 더 많이 먹었던 것으로 보인다. 조선시대에는 텃논이나 울안 연못에 미나리를 길러 먹었다는 기록이 있다. 아마도 여름에는 다른 채소가 흔하지 않으니 쉽게 기를 수 있는 미나리를 먹었을 것이다.

나는 미나리를 좋아하지만 예전에도 그 향기를 싫어하는 사람도 많이 있었나 보다. 열자列子 양주楊朱편에 나오는 옛날이야기에 어떤 사람이 미나리나물이 하도 맛있어서 고을 부자에게 상납했다가 비웃음을 샀다는 이야기가 있다. 미나리 향을 싫어하는 부자는 미나리를 가져온 사람을 어리석다고 비웃은 것이다. 그래서 자기가 알고 있는 것만이 최고라고 생각하는 어리석음을 비웃는 말로 '야인헌근野人獻芹'이라 한단다. 그럼 나는 어리석은 야인이 되는 것이다. 그런데 미나리를 선물한 사람과 미나리를 싫어하는 사람 중에 누가 어리석은 것인지 객관적인 근거는 없을 것이다.

미나리에 얽힌 이야기로 "미나리를 뜯는다采芹"는 말도 있다. 시경 노송경지십魯頌駉之什에 "즐거운 반궁의 물가에서 미나리를 뜯는다. 사락반수思樂泮水 박채기근薄采其芹"이라는 시구에서 얻어낸 말이다. 아마도 깨끗하지 못한 미나리꽝에서 향기로운 미나리를 뜯는다는 것으로 궁벽한 곳에서도 인재를 발굴한다는 의미를 부여한 것 같다. 향기가 없을 것 같은 곳에서 숨은 향기를 찾아내는 것이다. 인재는 드러난 곳에만 있는 것이 아니라 열악한 환경에 숨어 있을 수도 있으니 말이다. 이 말에서는 미나리 향이 긍정적인 의미로 쓰였다.

미나리는 물을 맑게 정화한다고 한다. 수로 귀퉁이 진흙에서 자라난 미나리가 하얀 꽃까지 피워 그 숨은 향기가 오늘 새벽 거친 내 마음까지 맑게 해준다.

_2018년 7월 23일
주중리에서

산초나무꽃을 보니

미동산수목원에서 산초나무꽃을 만났다. 참 실하게도 피었다. 연두색 꽃이 작은 우산 모양으로 소복하다. 이 꽃을 볼 때마다 꽃보다 예쁜 열매가 더 생각난다. 아니 꽃으로 바로 열매가 보인다. 가을이면 까맣고 윤이 반짝반짝 나는 열매가 꽃처럼 소복소복 달린다. 마치 구슬로 수놓아 만든 작은 장식용 우산을 보는 것 같다. 까만 보석 아래는 빨간색 꽃받침이 받치고 있어서 더 예쁘다. 사실은 열매는 갈색인데 아주 익으면 열매가 벌어져 씨앗이 드러난 것이다. 열매가 예쁘기 때문에 한 송아리 꺾어 손에 쥐면 묘한 약 냄새가 난다. 약 냄새 때문인지 어떤 마을에서는 분디나무라고도 한다.

산초나무는 가시가 날카롭고 길다. 잔가지는 물론이고 밑동까지 가시가 있어서 종아리에 닿기만 해도 영락없이 할퀴어 생채기를 낸다. 산성 답사를 다닐 때 잔가지는 얼굴을 할퀴고 팔을 긁어 놓기도 하고, 밑동은 종아리를 찌르고 베어 놓는다. 그래도 성이 차지 않으면 바짓가랑이에 매달려 잡고 놓아주지 않던 가시 많은 나무다. 그렇게 잡고 놓아주지 않았기에 서두르지 않고 돌덩이를 조심해서 밟고 머리를 숙이고 겸손하게 다닐 수 있었는지도 모른다. 100여 개 산성을 다니는 동안 무사했던 것도 따지고 보면 산초나무 가시 덕이다. 그러니 산초나무는 날카롭지만 고마운 가시나무다. 우리네 삶에서도 가시 있는 말처럼 대개 겉으로 거치적거리지만 내면에 도움을 주는 경우가 많은 것을 보면 그 고마움을 알 수 있는 일이다.

산초나무에 대한 더 오래된 기억도 있다. 70년대 초 오지인 의풍학교에 햇병아리 교사로 근무할 때 학부모 집에 초대받아 고약한 약 냄새가 나는 두부부침을 먹은 적이 있다. 처음에 약 냄새처럼 역겹기도 해서 억지로 먹었는데 그것이 산초기름에 구운 것이라는 걸 나중에 알았다. 고향 뒷산에도 산초나무가 있고 열매를 보았지만 그것으로 기름을 짜서 두부를 부쳐 먹는 것은 의풍에서 처음 알았다. 그런데 한번 맛을 들이자 두부부침은 물론 고춧잎나물무침도 산초기름을 써야 비리지 않았다. 가으내 산초기름을 먹으면 겨우내 감기도 없었다.

문득 의풍에서 먹던 산초기름이 생각나니 오늘 연두색으로 피어난 꽃이 더 예쁘다. 입안에서 잃었던 미각이 되살아난다. 미각은 추억을 자극한다. 추억은 그리움의 산물이다. 사십오 년 전 옥수수 엿술 안주로 산초기름에 구워낸 두부를 내오던 의풍 아낙네들이 그립다. 의풍의 여인들은 살림은 가난해도 정은 가난하지 않았다. 사람살이에 따뜻한 정이 은근하다. 사택이 부족해서 화전민을 이주시키기 위한 임시 가옥을 빌려 거처하는 총각 선생을 끼니마다 불렀다. 강냉이를 삶아도 부르고, 감자를 쪄도 불렀다. 거친 밀가루로 국수를 해도 부르고 올챙이묵을 해도 불렀다. 제사 지낸 날 아침, 모심는 날 점심, 물고기 잡아 매운탕 끓인 저녁에도 아이들을 보냈다. 그렇게 정을 퍼먹이고 돌아올 때는 산초기름에 구워낸 두부, 고춧잎나물무침, 이름도 모르는 산나물무침을 싸서 들려주었다. 빈손으로 보낼 줄을 모르는 의풍 아낙들의 사람살이에 들이는 정이 그랬다. 지금도 산초나무꽃을 보면 의풍 아낙네들의 산초기름 같은 정이 살아난다. 산초나무 가시처럼 거친 손, 경상도 사투리인지 강원도 사투리인지 억센 말씨 속에 담긴 따뜻한 정이 살아난다.

산초나무 열매는 진한 냄새만큼 진한 추억과 그리움을 지니고 있다. 그런 정과 그리움은 사십오 년이 지난 지금이 오히려 생생하다. 가끔 승용차로 서너 시간을 달려 두 번째 고향 같은 의풍 마을을 찾아갈 때가 있다. 시대가 바뀌고 인심이 변하여 옛날 같은 정은 기대하지 않는다. 그러나 지금은 팔순 넘은 할머니가 된 당시의 젊은 아낙네들의 손에는 아직도 산초기름의 고소한 약 냄새가 남아 있다. 손이 따뜻하고 말씀이 순하고 눈길에 정이 가득하다. 지금도 닭을 잡아주지 못해 안달이고 더덕이나 묵나물을 싸주지 못해 안타까워한다.

푸른 산을 바라보고 사는 사람들, 맑은 물소리를 들으며 아침을 맞는 사람들의 마음은 산의 색깔이나 물소리처럼 세월이 지나도 그대로인가 보다. 아니 산초기름에 두부 구워 먹는 사람들의 말씀은 순하고 손에 온기가 남아 있게 마련인가 보다. 의풍에 남아 있는 내게 배운 젊은이들, 젊은이라야 오십이 넘었지만 그들도 그때의 어머니만큼 따뜻한 손길을 타고 태어난 것 같다. 세대는 바뀌어도 정은 이어받았다. 도회로 나온 나만은 그분들의 정을 이어받지 못한 것 같다.

사람이 정을 만드는 것인지, 산천이 사람을 만드는 것인지, 가시 많은 산초나무가 꽃을 피우고 열매를 맺는 것을 보면서 아무래도 자연이나 세상은 우리에게 어려움이나 좌절만을 내려주는 것은 아님을 깨닫는다. 자연은 우리에게 눈에 보이는 가시로 시련만 주는 것이 아니라

보이지 않는 채찍으로 따듯한 정을 나누어주기도 하는 것이다. 그런 깨달음을 얻은 것만으로도 내겐 자연이 주는 혜택이고 신이 내린 은 총이다. 뭔가 꽉 차지 못하고 허랑한 내게 미동산수목원에 피어난 산 초나무꽃은 약 중의 명약이다.

_2019년 7월 23일
미동산수목원에서

사랑으로 꽃을 피우는 자귀나무

저녁 일찍 먹고 좌구산 아래 삼기 저수지에 갔다. 이미 저녁 그늘이 저수지를 덮었다. 산기슭이 저수로 내려오는 곳에 산책할 수 있도록 나무 잔도를 놓았다. 잔도는 한낮의 볕에 후끈후끈 달아 있어도 물에서 불어오는 바람은 다르다. 산비탈에 소나무가 가지를 축축 늘어뜨리고 보내주는 시원한 바람에는 솔향이 묻었다. 아내는 앞에 서고 나는 백곡 김득신 선생의 시를 읽으며 천천히 걷는다. 따라가는 발걸음이 가볍다.

소나무 숲을 지나고 칡덩굴이 시비詩碑 주변을 뒤덮을 때 야릇한 향기가 풍긴다. 칡꽃 향기인가 했더니 그건 아니다. 자귀나무 꽃향기였다. 자귀나무 꽃이 아직 남아 있다. 올여름에 반드시 자귀나무 꽃 사진을 찍으려 벼르기만 하다가 내년을 기약했는데 여기서 만나는구나. 자귀나무가 꽃을 피우는 시기는 이미 지났다. 다 시들어 꽃잎이 떨어져 말라버렸는데 몇 송이가 힘겹게 남아 기다리고 있다. 가뭄 속에서도 사십도 폭염 속에서도 견디고 제 색깔을 지켜내고 있다.

나뭇잎은 말라 떨어지고 꽃의 주검도 말라 비틀어져 널브러졌는데 몇 송이가 오히려 곱게 남아 있다. 아직도 남은 향기가 좋다. 연두색

곧은 꽃대 위에 불꽃놀이 매화송이가 떨어지는 것처럼 퍼졌다. 가만히 들여다보니 어디부터 어디까지가 꽃잎이고 어떤 것이 수술이고 암술인지 짐작할 수 없다. 그런데 꽃대 연두색으로부터 서서히 노랑으로 바뀌더니 연한 분홍색이다가 진한 분홍색으로 끝을 맺은 수많은 꽃바늘 끄트머리에 아주 작은 이슬방울 같은 것이 하나씩 맺혀 있다. 그것은 바늘 모양의 꽃잎이 아니라 수술이었다. 바늘 같은 수술 끝에 노란 방울들은 사랑의 정분精粉이었다. 생각이 여기에 미치자 암술이 바로 눈에 뜨였다. 암술은 수술의 성 안에서 조금 굵은 대궁 위에 별 모양의 암술머리가 있고 거기서 별빛이 반짝이듯 몇 개의 긴 바늘이 퍼져 나왔다. 자귀나무 꽃은 수많은 수술의 울타리 안에서 여왕의 왕관 같은 암술머리와 짜릿한 사랑이 이루어지는 것이다. 이때 축복의 매화포가 검은 하늘을 환하게 밝혀 주리라.

자귀나무 잎은 갸름한 타원형 작은 잎들이 하나의 잎자루에 양쪽으로 죽 매달려 있다. 해가 서산에 지고 주위가 어둑해져서 아무도 보는 이가 없으면 수술과 암술의 사랑이 이루어진다. 해 질 녘 꽃이 피고 수술이 암술에 사랑의 가루를 뿌리는 순간 이파리들은 안으로 오므라들어 서로 부둥켜안는다. 사랑의 열기를 한 방울도 잃지 않으려는 것이다.

해 질 무렵 사랑이 이루어졌으니 이제 곧 밤이슬이 내리면 저 잎사귀들이 서로 끌어안고 잠자리에 들리라. 그래서 금슬 나무라 하지 않는가. 잎사귀들이 운우지락을 누리며 밤을 지내고 아침이슬 맞으면 사랑 나눈 잎사귀들 울력으로 연홍색 꽃송이도 더 새뜻해지겠지. 자귀나무는 밤이 되면 사랑을 한다. 누구보다 진한 사랑을 한다.

버드나무 아래에서 푸드덕 물새가 난다. 무슨 일인가. 우리 내외도 발걸음이 바빠졌다.

_2018년 7월 31일
좌구산 삼기저수지에서

3부

우리는 쇠비름처럼 살아볼 일이다. 혹독한 환경은 신이 내린 시험일
뿐이다. 신의 시험은 풀어내야 하는 삶의 문제이지 주저앉으라는
핍박은 아니다. 대지는 어느 생명에게나 공평하게 은총을 내린다.
척박한 땅을 주면 끈질긴 생명력도 준다. 대지의 가르침대로
노란 꽃을 피우고 씨오쟁이를 터트려 새끼들을 키워갈 일이다.

그리움의 꽃 겹삼잎국화

주중리 가는 길에 길가 어느 담장 아래에서 겹삼잎국화를 발견했다. 자전거를 세우고 가만히 들여다보았다. 지나는 사람들이 남의 담장 아래에서 흔한 꽃을 들여다보고 있는 나를 이상하게 여길지도 모른다. 그래도 나는 이 꽃이 반갑다.

한여름 꽃이 귀할 때 사랑채 앞뜰에 소담하게 피었다. 커다란 감나무 그늘 아래에서도 꽃은 흐드러졌다. 비가 내리는 날 사랑마루에 우두커니 앉아 처마에 떨어지는 빗방울을 세고 있노라면 빗물에 겨워 휘청거리던 모습이 선하다. 감나무 잎에 떨어지는 빗소리나 함석지붕에 떨어지는 빗소리가 더 거세지면 노란 꽃은 더 힘겨웠는지 거센 바람에 보리가 쓰러지듯 그렇게 쓰러지기도 했다. 비가 그치고 해가 나오면 겹삼잎국화는 다시 일어나 샛노란 꽃을 자랑했다. 꽃을 한 송이씩 잡고 들여다보면 깊은 노란색이 그렇게 예쁠 수가 없다. 그래도 흔하디흔하

니까 그렇게 좋은 대접을 받는 꽃은 아니었다.

봄에 새싹이 돋으면 연한 새싹을 솎아내어 살짝 데쳐 무쳐 먹으면 야릇한 맛이 좋았다. 아버지가 특히 그 나물을 좋아하셨다. 그렇게 새 싹을 몇 번씩 솎아내도 싹은 처음보다 더 많이 돋아나고 그해 꽃은 더 흐드러지게 피었다. 그만큼 생명력이 강했다. 생명력이 강한 만큼 여름 내내 두고두고 피다가 가을이면 소리 없이 시들어버린다. 겹삼립국화도 다른 꽃들처럼 제 할 일은 다 한 것이다.

그때는 그냥 큰 키 개나리라고 불렀다. 큰 키를 빼고 그냥 개나리라고 부르기도 했다. 개나리가 따로 있는데 노란 색깔 빼고는 개나리와 전혀 닮지도 않았는데 그렇게 부르는 게 이상했지만 그냥 그렇게 불렀다. 국화란 그 이름이 설어 지금도 그리 부르고 싶다. 이제 시골에도 겹삼잎국화는 그렇게 흔하게 피는 꽃은 아니다. 아니 남의 집 담장 아래에서 핀 꽃이 어떻게 옛집 사랑마당에 핀 꽃만 하겠는가. 지금 그 이름이 그립고, 야릇한 그 맛이 그립고, 비 맞고 서서 노랗게 핀 꽃이 그립다. 아니 겹으로 소복한 꽃잎 사이사이에서 키질하던 어머니가 그립고, 번뜩이던 아버지 안경알이 그립고, 누님들의 웃음소리가 그립고, 꽃을 유난히 사랑하던 큰형님이 그립다.

자전거에 다시 오르며 꽃을 바라보니 겹삼잎국화는 한 삼일쯤 흠뻑 내리는 비가 그립다.

_2018년 8월 2일
주중리에서

쇠비름처럼

쇠비름처럼 살아볼 일이다.

오늘은 어떤 꽃이 보일까. 어떤 들풀이 나를 부를까. 주중리 농로는 대부분 시멘트로 포장되어 있다. 단단한 콘크리트 밑에 뭔가 생명들이 깔려 숨을 몰아쉬고 있지는 않을까. 굼벵이도 잠을 잘 테고 지렁이도 꼼지락거리고 있을 것이다. 물론 풀씨도 그 밑에서 옅은 숨을 몰아쉬고 있을지도 모른다. 콘크리트 농로는 사람들에게만 편리할 뿐 다른 생명들의 숨통을 졸라대는 폭력이다. 간악한 인간의 두뇌가 창안해낸 폭력이다. 인간은 식물의 줄기나 뿌리나 씨앗을 먹고 자신의 생명은 유지하면서도 알게 모르게 남의 명줄은 조르고 있는 셈이다.

농로 시멘트 바닥에는 여기저기 죽은 풀이 나뒹군다. 바랭이도 있고 쇠비름도 있다. 사람들이 뽑아 죽음의 땅에 내던진 것이다. 논에서 뽑아 던진 피도 있다. 피는 논흙덩이를 안고 나와서 시멘트 바닥에 흩어놓는다. 자전거 가는 길을 방해하는 하지만 콘크리트에서라도 뿌리를 벋고 살아야 하는 들풀에게는 생명줄을 기댈 커다란 언덕이 된다. 그 한 줌의 흙이 명줄을 이어가는 '서릿발 칼날 진 그 위'라는 위기의 절정이 된다.

　길바닥에 던져지는 들풀 중에 가장 참혹한 것은 쇠비름이다. 쇠비름
은 주로 채소밭을 벌겋게 차지하고 뻗어간다. 제 가족을 모두 거느리고
배추나 다른 남새에게 주어진 땅을 대신 차지하고 영역을 확대해 나간
다. 다른 풀들은 어린싹을 호미로 득득 긁어 놓으면 그냥 그 자리에서
숨을 거두는데 쇠비름은 그냥 쓰러져 비들비들 말라가는 척하다가 이
슬이라도 한 방울 목을 축이면 잔뿌리 끄트머리로 모래알 한 알을 붙
잡고 목숨을 부지하면서 살아날 기회를 엿본다. 그걸 아는 농부는 쇠
비름을 뽑아 뿌리를 하늘로 향하게 뒤집어 놓는다. 얼마나 원수 같으
면 흙을 탈탈 털어서 홀랑 뒤집어 놓을까. 쇠비름은 뙤약볕 아래서 붉
은 잎줄기가 가뭄에 말라죽는 지렁이처럼 까맣게 말라 명줄이 끊어질
위기에서도 살아날 기회를 노린다. 그러다가 여우비라도 한 차례 지나
가면 다시 살아난다. 이미 죽어 썩어버린 다른 들풀 더미 위에서 끈질
기게 뿌리를 뻗어서 죽은 줄기를 뒤집고 이파리를 파랗게 살려낸다.

그것뿐만이 아니다. 시멘트 바닥 갈라진 틈을 비집고 올라와 머리를 들고 일어나 나온다. 처음에 이파리 두 쪽이 기어 나와서는 점점 자라서 회색 죽음의 세계를 벌건 열정의 힘으로 뻗어 나간다. 삶의 환경이 험하면 더 빨리 꽃을 피운다. 생명력 넘치는 붉은 줄기 두툼한 초록색 이파리들 사이에서 노란 꽃이 피어난다. 꽃이 지고 나면 씨앗 주머니에서 까만 씨앗이 터져 나와 제 자손을 퍼트린다. 쇠비름에게 혹독한 환경은 그냥 더 단단하게 살리려는 신의 시험이고 은총이다.

이 가뭄 폭염에 참 모질기도 하다. 그도 그럴만하다. 마른 밭둑에도 습기 많은 논둑에도 아니면 바짝 마른 길바닥에도 쇠비름이 붉은 줄기를 유혈목이처럼 번어가고 있다. 그런데 주변엔 풀이 다 죽었다. 일손 달리는 어느 농부가 제초제를 뿌린 것이다. 그런데 쇠비름은 제초제를 영양제로 착각했는지 오히려 이들이들하게 퍼진다. 맷방석만 하다. 시멘트 포장도로 위에도 유혈목이 모가지를 내밀었다.

쇠비름도 이렇게 모질게 살아남아야 하는 그 까닭이 있을 것이다. 어쩌면 자기에게 주어진 하늘의 명령을 깨닫고 있었는지도 모른다. 옛날부터 쇠비름의 모진 생명력이 인명을 살려냈다고 한다. 하얀 뿌리, 붉은 줄기, 녹색의 잎, 노란 꽃, 검은색의 씨앗으로 오묘하게 오색을 갖추고 갖가지 영양소와 약효를 지니고 있다고 한다. 그래서 만병에 유용하여 때로 다 죽게 된 사람도 살려낼 수 있다고 들었다. 쇠비름, 모질고 질기고 독하다고 탓하지 말자. 그놈에겐 그렇게 살 수밖에 없는 사정이 있었을 것이다.

나도 한때 문학을 포기하려 한 적이 있었다. 나를 등단시켜 준 모지
母誌에서조차 내 글을 실어주지 않았을 때가 있었다. 이게 뭔가. 이게
문단이라는 곳인가. 등단 초기를 넘어 첫 수필집 《축 읽는 아이》를 낼

때까지 시멘트 콘크리트 아래에 깔려 있는 쇠비름이었다. 정말로 '한 발 재겨 디딜 곳' 조차 없는 문단에서 내려오고 싶었다. 생각하면 지금도 부끄러운 《축 읽는 아이》가 태어났을 때쯤 자비로운 문우의 소개

로 수필 전문지로부터 청탁을 받았다. 가문 유월의 저녁에 내린 한 방
울 이슬이었다. 나는 〈이제는 그의 꽃이 되고 싶다〉를 보냈다. 한 방울
의 이슬도 놓치지 않으려고 백번도 더 살피고 고쳐 썼다. 그에게로 가
서 꽃이 되라는 뜻인지 다른 계간지에서 바로 청탁서를 보내왔다. 나
도 발을 디딜 땅이 있구나. 내가 서 있는 곳은 '서릿발 칼날 진 그 위'
만은 아니구나. 나는 불가마에서 나를 다시 구워내는 마음으로 〈불의
예술〉을 보냈다. 〈불의 예술〉은 여기저기 불똥을 튀기고 다녔다. 청탁
이 줄을 이었다. 그러나 새롭게 유약으로 나를 포장하지는 않았다. 연

줄이 없는 문단은 내게 시멘트 바닥을 뚫고 올라오는 것보다 더 모질었다. 쇠비름은 도깨비바늘과는 다르다. 저를 뽑아내는 인간의 바지에 붙어 부접 좋은 땅으로 옮겨가는 변칙을 쓰지는 않는다. 머리가 두 쪽이 나도록 콘크리트 바닥을 깨고 나온다. 혹독한 문단이 나를 쇠비름으로 만들었다.

우리는 쇠비름처럼 살아볼 일이다. 혹독한 환경은 신이 내린 시험일 뿐이다. 신의 시험은 풀어내야 하는 삶의 문제이지 주저앉으라는 핍박은 아니다. 대지는 어느 생명에게나 공평하게 은총을 내린다. 척박한 땅을 주면 끈질긴 생명력도 준다. 대지의 가르침대로 노란 꽃을 피우고 씨오쟁이를 터트려 새끼들을 키워갈 일이다. 나를 닮은 새끼들이 뿌리를 내리고 노란 꽃을 피울 날을 기다릴 일이다. 다 디디고 일어서면 누가 나를 뽑아 시멘트 바닥에 던질 수 있을 것인가. 아니 내던져 버림받아 명줄이 끊어진다 하더라도 '쇠비름'이란 이름이 사라질 일은 없을 것이다.

쇠비름처럼 모질게 살아볼 일이다. 쇠비름이 대지에서 모성을 받았다면 내 문학의 어머니는 문단이다. 나는 아직 미생未生이다. 그래도 쇠비름에게 배운 정석定石으로 살아볼 일이다. 누구에게든 영양이 되고 영약靈藥이 되게 살아볼 일이다.

_2018년 8월 5일
주중리에서

수크령이 두려워

길가에도 방천 둑에도 추억의 들풀 그령은 설 자리를 잃었다. 그령은 주로 길 가운데 났다. 길 가운데서 사람들에게 밟히면서 싹이 트고 밟힐수록 질기고 강하게 자란다. 그런데 지금은 길이란 길은 다 포장되고 농로까지 시멘트를 처발라 그령 찾기가 쉽지 않다.

그령이 자랄 만큼 자라면 장딴지에 스치는 느낌이 부드러워서 좋다. 아침에는 이슬 때문에 피해 다녀야 하지만 이슬이 스러지는 한낮이 되면 부드럽고 깔끔한 그령을 발로 툭툭 차면서 걷는다. 칠팔월이면 꽃이 핀다. 꽃이 피어도 그것이 꽃인지 씨앗인지 분간할 수 없고 굳이 분간하려 하지도 않는다. 다만 키가 두어 자쯤 자랐을 한여름에 잠방이만 걸치고 걸어가면 그령 꽃이 간질간질 장딴지에 저릿저릿 스쳐 오줌을 지릴 만큼 기분 좋다. 그령은 그렇게 부드럽고 곱게 자란다.

그령은 심술기 도진 열너덧 사내아이들의 장난감이었다. 아이들이 다니는 길목에 부드러운 그령을 양손에 한 줌씩 쥐고 가운데로 향하여 옭매어 올가미를 지어 놓는다. 둑 아래 숨어서 지켜보고 있노라면 뛰어오던 아이들이 그령 올가미에 걸려 나뒹군다. 아이들은 손뼉을 치며 깔깔댔다. 때로는 아이들을 유인하기도 한다. 그래서 여름내 아이들의 무릎에 피가 마를 날이 없었다.

아이들의 장난을 어른들도 따라 했던 사례도 있다. 춘추전국시대 진晉나라에 위무자魏武子라는 사람이 미모의 젊은 첩을 데리고 살았는데 아들 위과魏顆에게 자기가 죽으면 서모를 개가시켜주라고 했다가 병들어 정신이 혼미해지자 말을 바꾸어 개가시키지 말고 함께 묻어 달라고 했다. 위과는 아버지가 죽자 아버지가 바른 정신일 때 한 말대로 젊은 서모를 시집보냈다. 그 후 진秦나라와 전쟁이 나자 진晉의 위과가 출전하게 되었는데 꿈에 서모의 아버지가 나타나 작전을 일러주었다. 길가에 풀을 묶어 적의 말을 넘어뜨리게 한 것이다. 늙은 아비가 딸을

개가시킨 위과에게 보답한 이야기다. 춘추좌씨전에 나오는 결초보은結
草報恩의 고사는 누구나 다 아는 이야기이다. 그때 작전에 쓰인 풀이 그
령이다.

그령에는 암그령만 있는 것이 아니라 수크령도 있다. 수크령은 억새만큼 억세다. 풀잎을 잡으면 손가락을 에어낼 기세이다. 그 억센 잎 가운데서 꽃대가 나오면 꼭 고슴도치 가시 털 같은 꽃이 피어난다. 그놈 모양이 꼭 수컷처럼 생겼다. 금방 암놈에게 마구 헤치고 들어갈 기세이다. 그러나 그 녀석은 땅에 붙어있어야 하는 숙명을 타고났다.

팔월 초순에 자전거를 타고 미호천에 나갔다가 둔치에 엄청나게 피어난 수크령을 보았다. 그령은 한 줄기도 없고 수크령만 한 오백 평쯤 되는 둔치를 뒤덮었다. 붉은 보랏빛에 난황색 꽃가루를 달고 소담하게 꽃을 피웠다. 왜 그러는지 꽃이라는 순순한 본성은 어디 두고 하늘을 향하여 주먹질을 해대듯 잔뜩 성질을 내고 있다. 그 고약한 몽니가 안쓰럽다. 얘야, 네 짝 그령이 사라진 건 하늘의 탓이 아니다. 그령의 자리를 초토화시킨 건 인간이다. 그러니 하늘한테 그러지 말아라. 그래 맞아. 지금은 수크령이 성질 내고 수크령이 심술부릴 차례이다.

그령을 사랑한 수크령이 심술이 나면 누구를 넘어뜨릴까? 딸을 개가시켜 준 은혜를 결초로 보은한 늙은 아비처럼 적의 말을 넘어뜨릴 것 같지도 않다. 개구쟁이 아이들처럼 친구를 넘어뜨리지도 않을 것 같다. 수크령의 노여움의 대상은 바로 인간이다. 그령이 설 자리를 초토화시킨 인간이 수크령의 노염을 받을 것이다. 인간을 노려보며 저렇게 성질 내고 있는 것이다.

서둘러 자전거에 올랐다. 도망가자. 아무리 페달을 밟아대도 수크령이 악착같이 쫓아온다. 그런데 나도 지구별에 사는 한낱 인류란 개체

이기에 도망갈 자리가 없다. 자연을 망가뜨린 나는 이제 위과가 노리는 적의 말이 되어 꼬꾸라져 나뒹구는 길밖에 없다. 푸른 하늘을 향해 주먹질을 해대는 수크령이 두렵다.

_2017년 8월 8일
미호천에서

벼꽃, 밥꽃 하나 피었네

주중리 들녘이 입추를 맞았다. 그래도 더위가 가려면 아직 멀었다. 낮에는 정수리에 화상을 입을 만큼 따갑지만 새벽에 농로를 달릴 때 가슴에 스치는 바람에는 서늘한 기운이 묻어난다. 볼때기에 서늘한 바람을 맞으니 문득 햅쌀밥이 그립다. 혀에 닿는 부드러운 햅쌀밥이 여름내 보리밥으로 거칠어진 입안을 어루만져 주리라. 길가에 무궁화가 소담하다. 무궁화가 피기 시작하고 100일이면 고대하는 햅쌀밥을 먹는다고 했다. 자전거를 타고 달리는 농로 아래 벼는 아랫배가 통통하다. 내 아랫배까지 통통해진다.

시멘트 다리를 건너 140도쯤 돌아서면 버드나무 우거진 방천둑길이다. 우거진 버드나무 가지마다 가시박덩굴이 올라타기 시작했다. 태양은 버드나무나 가시박이나 공정하게 볕을 주고 생명을 준다. 그런데 가시박은 기어이 버드나무 명줄을 졸라댄다. 주중리 농부들은 가시박을 미워하면서도 베어내지는 않는다. 볏논에 더 부지런하고 알뜰하다. 길가 자투리땅에도 도라지꽃이 하얗다. 땅을 소중하게 여기는 사람들은 도라지 밭가에 부추도 심었다. 모두가 우리 몸을 지탱하는 보약이다. 한 배미를 지나고 또 한 배미를 지나 자전거를 딱 멈추었다. 꽃을 본 것이다.

벼꽃이 피었다. 자전거를 세우고 논두렁 아래로 내려갔다. 엊그제까지도 통통했던 아랫배가 터져 올라온 것이다. 아, 그래서 벼꽃은 피었다고 하지 않고 패었다고 하는구나. 오늘 새벽 벼꽃을 본다. 꽃 한 송이에 쌀이 한 톨이다. 쌀 한 톨은 밥이 한 알이다. 벼꽃은 밥꽃이다.

생명의 꽃이다. 한 줄기 벼이삭은 밥이 한 공기이다. 한 배미 벼꽃은 수천 명 생명줄이다. 벼꽃은 곧 우리 목숨이다.

밥꽃이 핀 벗논 자투리땅에 도라지꽃, 부추꽃, 호박꽃, 가지꽃을 함께 피우는 주중리 사람들의 슬기가 아름답다. 풋고추 붉은 고추까지 주렁주렁 매달린 농로에 서서 들판을 바라본다. 칠첩반상을 바라보는 것이다. 이렇게 너른 들이 그냥 우리네 밥상이다. 나으리들이 제 밥사발을 채우려 싸움질할 때 농투사니들은 이 들판에서 겨레의 밥상을 준비한다. 우리는 들풀 같은 민초들에 기대어 산다.

계룡산 신원사 고왕암은 백제 마지막 태자 부여융이 숨어 있다가 김유신의 부하에게 잡혀 소정방에게 넘겨진 일이 있는 절이다. 지금도 태자가 숨어 있던 토굴이 남아 있다. 언젠가 고왕암을 답사하고 내려오는 길에 신원사 일주문 바로 아래에서 밥꽃을 발견했다. 밥집 이름이 '밥꽃 하나 피었네'였다. 밥집 이름 치고 좀 길기는 하지만 도저히 잊어버릴 수 없을 것 같았다. 좋은 사람과 마주 앉아 밥꽃 한 상을 받았다. 상을 두 번 차려 내온다. 첫 상은 자투리땅 모습이고 두 번째 상은 벗논을 옮겨온 듯하다. 먼저 나온 상에는 두부김치, 가지고지볶음, 애호박고지볶음, 떡볶이, 나물전과 양념장, 청국장김쌈, 남새샐러드, 감자샐러드이다. 밥상이 꽃밭이다. 젊은 밥상 도우미는 벼꽃처럼 음전하다. 나직나직한 말 씀씀이가 미덥다. 물을 때마다 고분고분 차림을 일러준다. 둘이 다 밥꽃을 닮아 있다. 첫 상을 거두고 이제 밥꽃이 나왔다. 가운데에 떡갈비가 떡하고 놓이더니, 된장찌개, 고춧잎무침, 방풍나물무침, 부지깽이나물장아찌, 쌈채소와 쌈장, 마늘과 풋고추, 견과류 볶음으로 상이 가득하다. 그리고 밥꽃 한 사발이다. 밥상 위에 주중리 들판을 옮겨왔다. 벼꽃이 피고, 가지꽃이 피었다. 노란 호박꽃도 하얀 도라지꽃도 피었다. 벽 한 면을 털어 만든 통유리창으로 세상이 보인다. 가까이 밥꽃 피우는 농장에서 천년초를 비롯한 가지가지 채소가 올라오고, 멀리 관음봉에서 연천봉으로 이어지는 산줄기가 용틀임하는 기운도 밥상 위에 내려앉았다. 천년초 차를 마실 때쯤 나는 주중리 볏논의 오래되고 깊은 의미를 미각으로 깨우쳤다.

 벼꽃은 생명이고 명줄이라고 해서 그렇게 예쁜 것만은 아니다. 논두렁 아래 내려가 가만히 패어 나오는 벼꽃을 살펴본다. 나락 알알에 먼지가 묻은 것 같다. 불타던 솔가지가 사위어 날린 재티 같다. 시시하다. 어느 시인이 오래 보면 예쁘다고 했다. 어느 스님은 일부러 멈추어 서서 보아야 할 것도 있다고 했다. 이미 멈추어 섰으니 오래 보자. 말간 연두색 벼 알갱이 뾰족한 꼭대기가 약간 벌어져 있다. 벼를 말하는 한자 벼도稻 자를 보면 벌어진 모습이 그대로 상형되었다. 벌어진 틈으로 꽃술이 비어져 나왔다. 재티 같기도 하고 동부 거피가루 같이 하얀 것은 꽃잎이 아니라 꽃술이었다. 조심스럽게 세어보면 똑같은 꽃술이 여섯 개이다. 그렇다. 여럿인 걸 보면 틀림없이 애들이 수술이다.

그럼 암술이 있어야 한다. 안경을 다시 올려 쓰고 들여다보았다. 여왕 같은 암술이 수술들 가운데 그 안에 계시다. 육판서가 시위한 암술 여왕님이시다.

들으니 벼꽃은 벌 나비의 도움을 받지 않고도 은밀하게 사랑을 이룬다고 한다. 이른바 자가수분이란다. 볏잎 무희들이 살랑살랑 미선을 흔들어 바람을 보내면 벼꽃은 합궁을 이룬다. 합궁은 주로 볕이 화사한 정오에 치른다. 이슬이 허튼 물방울을 보내는 것을 경계함이다. 운우의 즐거움을 누리는지는 알 수 없지만 신비롭고 신성한 한낮이다. 합근의 순간이 수줍은 벼 껍질은 갑자기 옷깃을 오므려 수술을 떼어내고 암술만 다독여 내밀한 여왕의 산실로 모신다. 산실에서 땅의 기운에 의지하고 태양의 힘을 얻어 알이 차고 영글어 한 톨의 쌀이 된다. 쌀 한 톨 한 톨이 신비스러운 보석이다. 보석이 사람을 살리는 밥이 된다. 벼꽃은 밥꽃이다. 가을 들판은 밥꽃이 신비롭게 영그는 보석의 밥상이다.

밥꽃이 아름다운 것은 신이 내린 생명의 꽃밭이라 그렇다. 벼꽃은 우리 생명을 다지려고 피어난다. 주렁주렁 풋고추 붉은 고추도 밥꽃을 밥꽃답게 하려고 볕을 받는다. 벼꽃은 밥꽃이다. 생명의 꽃이다.

오늘 새벽에도 주중리 들에서 생명의 꽃을 얻어온다.

_2016년 8월 10일
주중리에서

핏빛으로 지는 더덕꽃

이른 아침 주중리에 갔다. 아직 생각이 없는 줄 알았는데 며칠 만에 벼이삭이 뼘 가웃은 되게 나왔다. 올가을도 태풍만 없으면 풍년이 틀림없다. 풍년이면 또 쌀값이 내려앉으려나. 한 달 전쯤 양파밭을 갈아엎어 버리는 농민들을 보면서 마음 아팠는데 풍년이 들어도 우케 가마니를 길바닥에 내던지는 고통은 없었으면 좋겠다. 풍년이 들면 힘도 없고 빽도 없는 농투사니들에게도 온전하게 풍년으로 돌아갔으면 좋겠다.

자전거로 늘 가던 농로를 천천히 달렸다. 더덕꽃이 눈에 띄었다. 어느 공직 은퇴자의 취미 농장에 심어 놓은 더덕이 울타리를 타고 올라가 꽃을 피웠다. 더덕꽃은 연두색으로 피기 때문에 초록 이파리랑 잘 구분되지 않는다. 잎에 가려서 담백한 색깔로 피어나는 꽃이 잘 보이지 않는다. 그러나 한 송이만 보이기 시작하면 주렁주렁 매달린 초롱이 수없이 보인다. 동그란 꽈리주머니 같은 봉오리도 동글동글 매달렸다. 봉오리가 터지면 '뽁' 하고 꼭 방귀소리 같은 소리를 내면서 꽃으로 피어날 것만 같다.

연두색 초롱 모양으로 핀 꽃 송아리 안을 들여다보면 여린 보랏빛이다. 처음 피어날 때는 연보랏빛이다가 점점 더 짙은 보랏빛으로 물들어간다. 다 피어 가루받이가 끝날 때쯤 꽃은 초롱 안쪽에서 핏덩이가 뚝뚝 떨어질 것 같다. 나는 그것이 말라붙은 피멍으로 보인다. 한을 토해내듯 그렇게 선지 같은 피가 흘러내릴 것만 같다. 그러다가 꽃이 시들 때쯤에는 연두색이던 거죽까지 핏빛이 배어 나온다. 피멍이 말라 피딱지가 되어 떨어지면 거기에 사리처럼 까만 씨가 맺는다. 더덕 씨앗은 까맣고 작은 사리 알갱이에 날개를 달았다.

사람들이 다 예쁘다고 하는 더덕꽃이 내게는 왜 피멍으로 보일까. 1970년대 초, 그 차갑던 시대 어느 봄날 바로 그 오지 학교에 부임했다. 산에는 아직도 흰 눈이 남아 있는 사월이었다. 해발 500m가 넘는 골짜기 골짜기에서 모여든 아이들은 생각이 맑아 표정이 밝았다. 초임지인 그 학교 실습지에서 아이들처럼 맑은 연두색으로 피어난 더덕꽃을 처음 보았다. 화려하지는 않지만 초라하지도 않은 초롱에 반했다. 포기마다 꽂아 놓은 지지대를 타고 올라간 덩굴에 연두색 초롱을 매달아 놓은 것 같았다.

더덕 씨앗을 받아서 묘포에 뿌리고 짚으로 덮어 놓으면 거기서 싹이 나왔다. 마을 사람들도 더덕 씨를 세우는 일은 아무나 할 수 있는 일이 아니라 했지만 교장 선생님은 연구를 거듭해서 싹을 틔웠다. 아이들 데리고 산에 가서 어린 더덕을 캐다가 옮겨심기도 했다. 더덕은 아주 깊은 산에서 난다. 아이들 말에 의하면 더덕은 영물이라 '선생님 같은 도시 사람 눈에는 띄지도 않는다고 했다. 정말 아이들은 용하게 더덕 냄새를 맡고 더덕 덩굴을 찾아내는데 내 눈에는 바로 옆에서도 보이지 않았다. 어린 더덕 싹을 이끼에 싸고 싸서 가져다 실습지에 심었다. 고사리손으로 풀을 뽑고 지지대를 세워 꽃을 본 것이다.

학교에서는 더덕을 잘 길러서 팔아 아이들 공책도 사고 연필도 사줄 계획이라 했다. 급식비도 스스로 마련하고 아이들 읽을 책도 구입하여 도서실을 가득 채우겠다는 꿈을 가지고 있었다. 이른바 자활학교의 꿈이다. 더덕밭을 지나가면 더덕 향기가 났다. 자활학교라는 꿈의 향기였다. 착한 아이들의 마음 향기였다.

팔백여 평에 자활학교의 꿈을 한 삼 년 키우던 더덕밭에 서리가 내렸다. 어느 가을 이 고장 교육 수장의 시찰이 있었다. 당시에는 방문이 아니라 시찰이었다. 그 어른은 더덕밭에 관심이 많았다. 어린 학생들에게 학교 문화의 혜택을 보다 많이 받도록 뒷받침을 어떻게 해야 하나 하는 관심은 아니었다. 그 대신 더덕을 가마니로 캐어 갔다. 아이들 꿈을 캐어 간 것이다.

나는 그런 교직 사회의 관례인지 인습인지에 절망했다. 초임 교사로서 대학에서 배운 학교행정 이론과는 너무나 다른 기성세대에 절망했다. 오지 학교의 문화 실조를 외면한 교육 수장에 절망했다. 저항할 수 없었던 나의 무기력에 절망했다. 끓는 피도 없이 절망할 줄밖에 모르는 나의 허망한 젊음에 더 절망했다. 일제강점기 침략자들이 약한 농민에게 공출이란 이름으로 쌀을 빼앗아 가고 유기그릇을 빼앗아 갔다고 아이들을 가르칠 자신이 없었다. 꿈을 앗아간 사람은 일제뿐만 아니라 교육을 총책임진다는 어른도 있지 않느냐는 아이들의 반문이 두려웠다. 더덕꽃은 내게 절망을 가르쳐준 꽃이다. 더덕꽃은 내게 교육행정가들에 대한 불신을 심어준 꽃이다. 진하게 남은 그 기억은 오늘까지 지워지지 않는다.

주중리 더덕꽃은 사십오 년 전 기억으로 아직도 피멍이 들어 있다. 지금도 초롱 밑으로 핏물이 뚝뚝 떨어질 것만 같다. 지금은 토박이 농투사니가 취미 농사꾼에게 넘겨준 땅 그 울타리에서 더덕꽃이 참 담백하게 피었다. 연두색 초롱은 곧 붉은 보랏빛으로 물들 것이다. 논에는 벼가 한창 이삭이 나와 벼꽃도 피어날 것이다. 꽃은 열매에 대한 희망이고 꿈이어야 한다.

더덕이 잘 자랄수록 마음 아프던 시절이 내게 있었다. 이제는 더덕꽃이 피어도 핏빛이 아니었으면 좋겠다. 벼가 잘 익어도 농민이 아무런 걱정 없었으면 좋겠다. 수확하지 않은 양파밭을 갈아엎으며 마음까지 갈아엎어 버리는 일도 없었으면 좋겠다. 올가을에는 남새가 풍년이 들어도 그 풍년이 고스란히 농민에게 돌아갔으면 좋겠다.

가을 주중리에는 더덕꽃이 피고 벼꽃이 핀다.

_2019년 8월 14일
주중리에서

낮달맞이꽃 사랑

◇◇◇◇◇◇◇◇◇◇◇◇◇◇◇◇◇◇◇◇◇◇◇◇◇◇◇◇◇◇◇◇◇◇◇

사랑이라 말하면 사랑의 달이 뜬다. 사랑이란 말 속에는 사랑이 살고 있기 때문이다. 사랑이라 말하고 기다려볼 일이다. 누구의 사랑에도 장벽은 없다.

사랑의 장벽을 드러낸 이야기로 《대동운부군옥》에 전하는 '심화요탑心火繞塔'이 있다. 선덕여왕 때에 지귀라는 젊은이가 있었다. 하루는 서라벌에 나갔다가 선덕여왕의 미모를 보고 사모하게 되었다. 그 뒤로부터 지귀는 잠도 자지 않고 밥도 먹지 않고 정신 나간 사람처럼 선덕여왕을 부르다가 그만 미쳐버리고 말았다.

어느 날 여왕이 절에 행차하게 되었다. 이 소문을 들은 지귀가 골목에서 선덕여왕을 부르면서 뛰어나오다가 군사들에게 잡히고 말았다. 여왕은 지귀를 따라오도록 허락했다. 선덕여왕이 절에 이르러 기도를 드리는 동안 그는 탑 아래에 앉아서 기다리다 그만 잠이 들고 말았다. 여왕은 기도를 마치고 나오다가 탑 아래에 잠들어 있는 지귀를 보았다. 여왕은 그가 가여워 물끄러미 바라보다가 금팔찌를 빼어 그의 가슴 위에 놓아준 다음 발길을 옮기었다. 선덕여왕은 지귀를 백성으로 사랑했던 것이다. 비로소 잠이 깬 지귀는 금팔찌를 보고 놀랐다. 금팔

찌를 꼭 껴안고 기뻐서 어찌할 줄을 몰랐다. 기쁨은 불씨가 되어 온몸이 활활 타올랐다. 선덕여왕을 향한 지귀의 사랑은 화신火神이 되어버린 것이다.

새벽에 빗소리가 잠을 깨운다. 비에 젖은 정원은 어제보다 더 싱그럽다. 아파트 맞은편 마로니에시공원에 갔다. 시비詩碑가 비에 젖었다. 동산 오솔길로 올라서는 나무계단 옆에 아름다운 꽃 한 무더기가 피었다. 분홍색 꽃잎에 빗방울이 맺혀 막 세수하고 나온 여인처럼 청초하다. 꼭 달맞이꽃 모양인데 분홍색이다. 꽃잎이 네 장, 화심으로부터 꽃잎으로 퍼져 오르는 엷은 진홍색 빗살무늬, 잎 모양도 달맞이꽃을 꼭 닮았다. 하얀 화심 한가운데서 수술이 가늘고 여윈 허리를 하늘거린다. 키는 작다. 달맞이꽃에 비하면 메꽃으로 착각할 만큼 땅에 붙었다. 달맞이꽃보다 꽃은 더 크고 예쁘다. 꽃은 강렬해도 꽃대는 여리다. 달맞이꽃은 밤에 피었다 아침에 지는데 이 분홍색 꽃은 아침에 핀다. 새벽에는 노란 달맞이꽃과 함께 피어 있기도 하다. 해가 지면 따라 지는 꽃이다.

이 아이는 누구일까? 이름을 알아야 정체를 바로 알 수 있다. 인터넷에 꽃 이름을 검색해 보았다. '낮달맞이꽃, 분홍달맞이꽃, 분홍애기달맞이꽃, 향달맞이꽃, 두메달맞이꽃'이다. 이름도 많다. 이름이 많은 건 얽힌 이야기가 많다는 것이다. 이름이 많은 사람은 삶의 모습도 다양하다는 의미이다. 정체성이 불명확하여 종잡을 수 없다는 의미이기도 하다. 나는 그의 색깔과 향기에 알맞은 이름 부르기를 잠시 망설인다. 그냥 '낮달맞이꽃'으로 하자. 왠지 그렇게 부르고 싶었다. 낮달을 맞이하는 달맞이꽃이다. 이름대로 낮에 피어 빛바랜 반달을 바라기 하는 가상한 달맞이꽃이다. 정작 밤에는 달에게 버림받아 낮에 나온 반달이나 바라기 하는 가련한 낮달맞이꽃이다. 이 아이의 본질을 이렇게 규정하자.

갑자기 돌아서는 그 아이의 꼭뒤를 본다. 낮달맞이꽃은 달이 없는 낮에도 피어 낮달을 기다리다 잠드는 지귀 같은 남자라는 생각이 든다. 선덕여왕을 짝사랑하다 심화로 타올라 탑돌이를 하던 가련한 지귀의 화신처럼 보였다. 하얗게 소복하여 보일 듯 말 듯한 낮달을 바라기 하다 잠드는 낮달맞이꽃, 그마저 뜨지 않는 대낮에도 분홍으로 피어 태양의 눈총을 받으며 낮달을 기다리는 낮달맞이꽃 말이다. 사랑은 베풂으로 행복하다고들 한다. 남녀 간의 사랑도 주는 기쁨이 받는 기쁨보다 더 크다고 말한다. 어쩐지 믿어지지 않는 말이다.

문우 한 분에게 장편소설 《황진이》를 선물 받았다. 북한 작가 홍석중의 작품이다. 홍석중은 《임꺽정》의 작가 벽초 홍명희 선생의 손자라고 한다. 처음에는 황진이와 서경덕의 사랑 이야기쯤으로 생각했다. 그러나 그건 계급의 울타리를 넘지 못하는 로맨티시스트의 안일한 선입견이었다. 평생 황진이를 바라기 한 '놈이'란 노비의 처절한 사랑 이야기였다. 지귀만큼 모질고 아픈 사랑 말이다. 계급의 장벽에 가려 기다리다 지친 사랑 말이다.

계급이라는 질곡으로부터 해방되어야 비로소 사랑의 자유를 누릴 수 있다. 놈이가 열두 살, 진이는 일곱 살 때 만났다. 놈이는 진이를 업어달라면 업어주고, 안아 달라면 안아주고, 태워달라면 태워주었다. 신랑각시 소꿉놀이를 할 때 놈이는 이미 진이를 사랑했지만 진이는 놈이가 그냥 아랫사람이었다. 출생 신분이 불명확한 진이가 승지 댁으로 혼인이 정해졌을 때 놈이는 진이가 천출이라는 것을 승지 댁에 고자질하여 파혼시켰다. 자신의 출생 비밀을 알게 된 진이가 드디어 계급이라는 이데올로기를 벗어버리기로 한다. 진이라는 양반 계급을 죽이고 천한 기생 명월로 다시 태어나기로 한다. 귀밑머리를 풀고 청루로 가기로 한 것이다.

허물 벗기를 결심한 밤에 진이는 순결을 놈이에게 바친다. 그날 달이 밝았다. 모래를 뿌린 것처럼 은백색 달빛을 밟아 차돌처럼 굳으며 얼음처럼 차갑게 놈이 앞에 선다. 진이는 달빛 속에 누워있었다. 놈이의 달이 된 것이다. 차갑지만 불덩이처럼 타올랐다. 그러나 마음은 그냥 두고 육체만 타오른 것이다. 놈이는 처음에 떨렸지만 숯불처럼 뜨겁고 거친 손으로 진이를 더듬었다. 진이가 처녀를 바친 것은 사랑의 분출이 아니다. 환멸과 쓰디쓴 열물 같은 양반 아닌 양반의 삶으로부터 탈출이었다. 진이는 정조를 바치며 양반으로서의 죽음을 의미하는 사약을 받은 것이다. 이와 달리 놈이는 진이를 소유하는 순간 남이 되어버리고 사랑을 단념해야 하는 사약을 마신 것이다. 분홍 애기달맞이꽃처럼 무언의 사랑을 끝내기로 한 것이다. 그날 놈이는 종적을 감추었다. 양반과 상놈이라는 장벽이 두 사람에게 사랑의 아픔을 주었다.

그 후 진이는 청루에서 몸을 팔며 살았다. 놈이는 화적패가 되었다가 잡혀 처형당하게 되었다. 그제야 진이는 사랑을 깨닫고 놈이에게 절을 올린다. 결국 놈이는 죽음에 이르러 계급이란 장벽을 허문 것이다.

비에 젖은 낮달맞이꽃이 하늘거린다. 여린 꽃잎이 물방울이 힘겨워 고꾸라졌다. 비가 그치고 구름이 걷혀 낮달이 보이면 일어설 수 있을까. 낮달맞이꽃은 낮달을 바라기 해야 한다. 낮달이 눈길을 주거나 말거나 그것이 낮달맞이꽃의 숙명적 사랑이다. 말없이 진이를 사랑한 놈이 같은 보이지 않는 사랑이다. 사랑은 기다리면 오는 것이니까. 선덕 여왕을 사랑한 지귀처럼 황금 팔찌를 받을 수 있을 테니까. 무언의 사랑을 한 놈이처럼 진이의 사랑을 받을 수 있을 테니까.

사랑하면서도 사랑받지 못하는 사람이 곁에서 사는 것만으로도 행복이라고 말하는 것은 스스로를 속이고 위로하려는 어리석은 생각이다. 우리의 사랑은 기다리면 돌아온다고 생각하자. 사랑이란 말 속에는 사랑이 살고 있으니까 말이다. 사랑이라고 말하면 사랑의 달이 뜬다고 믿자. 지귀에게도 놈이에게도 낮달맞이꽃처럼 말없이 기다리면 사랑의 달은 언젠가 뜨게 마련이니까 말이다.

_2017년 8월 23일
주중동 마로니에시공원에서

박주가리는 깔끔해

박주가리 열매는 가을이 되면 밭두렁이나 산기슭에서 흔히 볼 수 있다. 못생긴 유주 같기도 하고 익기 전의 으름 같기도 하다. 그래서 눈에 잘 뜨인다. 열매를 보아야 비로소 꽃은 어떻게 생겼을까 궁금해한다. 꽃이 피었을 때는 유심히 보지 않기 때문에 꽃의 모양이 잘 기억나지 않는다.

새벽 산책길에서 박주가리 꽃을 발견했다. 마로니에시공원 울타리를 타고 소복소복 피었다. 지난해 가을 열매가 달렸을 때 덩굴과 잎을 보아 두었기 때문에 박주가리 꽃인 줄 바로 알았다.

박주가리는 꽃도 잎도 덩굴도 깔끔하다. 잎이 유난히 깔끔하다. 잎은 약간 길쭉한 하트 모양이다. 꽃대 하나에 희거나 분홍색 꽃 여러 송이가 소복하게 모여서 피어난다. 나는 하수오 덩굴을 보지 못했는데 사람들 말에 의하면 하수오와 비슷하게 생겼다고 한다.

도톰하고 먹음직스러운 잎은 벌레가 갉아먹을 만도 한데 흠집 하나 없다. 덩굴에서 잎을 떼어보면 상처 난 자리에서 하얀 진액이 나온다. 이 진액에 독성이 있다고 한다. 벌레들이 조금이라도 갉아먹었다가는 온몸이 마비되기도 한다니 얼마나 지독한지 짐작이 간다. 그래도 먹고 온몸이 마비되는 멍청한 벌레는 없다. 박주가리가 독으로 제 몸을 깨끗하게 간수하듯 벌레들에게도 독을 알아보는 지혜가 있다. 그래서 박주가리 잎은 만질만질하고 마비된 벌레도 없다. 아침 햇빛을 받아 반짝반짝 윤이 난다.

나는 모기가 잘 물지 않는다. 여름에 모기가 많은 산골에 가도 옆에 아내가 있으면 모기는 착한 아내만 물고 나는 물지 않는다. 아내뿐 아니라 누구라도 한 사람만 옆에 있으면 모기는 절대로 내 피를 즐거워하지 않는다. 뿐만 아니라 예전에는 그렇게 흔하던 벼룩도 내게는 잘 대들지 않았다. 내게는 모기나 벼룩을 마비시키는 독이 있나 보다. 일설에 의하면 인정이 없는 사람의 피는 벼룩이나 모기 입맛에 쓰다고 한다. 굶주린 모기가 저녁 식사를 하려고 연한 살갗에 침을 박으려는 순간 몰인정한 손바닥으로 내려치면 그대로 모기의 가련한 삶이 끝나버리는 것이다. 벼룩은 내 피 맛이 쓰다는 것을 미리 아는 지혜를 가지고 있는 모양이다. 모기도 내 성품이 잔인하고 인정머리 없고 매몰차다는 것을 미리 아는 지혜를 타고났나 보다.

벌레들도 박주가리에 독이 있는 줄 알고 모기도 내 피를 맛보기 어렵다는 것을 미리 다 알고 있다. 내가 눅눅한 자리에는 벼룩이 있고 풀숲에는 모기가 있다는 것을 미리 다 알고, 기다리고 있다가 이놈들이 살갗에 침을 박기 전에 반사적으로 내려치는 매몰찬 품성을 지니고 있듯이 말이다. 사람이나 미물이나 다 생존의 지혜를 지니고 있다.

내게는 자랑거리가 남에게는 독이 된다. 내가 지닌 독을 자랑하지 말자. 내가 남의 독을 미리 알고 있듯이 남들도 내가 지닌 독을 먼저 알고 방어 태세를 갖추고 있다. 미사일이 있으면 사드가 있듯이 말이다.

박주가리의 예쁜 꽃이 나를 유혹한다. 이 아침에도 찬란한 독이 나를 유혹한다. 그러나 내게는 독에 속지 않는 지혜가 있다. 나는 예쁜 꽃을 바라보기만 하면 된다. 독에는 절대 속지 않는 독이 나를 지켜준다.

박주가리 깔끔한 잎이 햇빛을 받아 찬란하게 빛나는 아침이다.

_2017년 8월 31일
주중동 마로니에시공원에서

백중 맞은 부처꽃

　가을이다. 하늘은 가을의 빛깔로 물들고 바람에서 가을 냄새가 난
다. 가을은 아주 가까운 데서 궁싯궁싯 세상을 어루만지며 다가온다.

가을은 음력 칠월과 함께 오고, 칠월의 한가운데 백중이 있다. 백중 때가 되면 가을꽃이 호젓하게 피어나고 과일이 풍성하다. 농가에서는 백 가지 과일을 올려 조상을 위하고 머슴에게 새 옷 한 벌을 지어 휴가를 주었다. 불가에서는 중원中元인 이날을 우란분절이라 했다. 목련 존자가 아귀지옥의 어머니를 구한 이후 백 가지 음식을 장만하여 스님에게 공양하기도 하고, 부처님께 꽃을 드려 살아계신 부모님의 장수를 빌고 돌아가신 7대 조상의 극락왕생을 발원하였다. 글피가 칠월 보름 곧 백중이다.

백중이 다가오면 미호천에 부처꽃이 핀다. 자전거를 타고 작년에 봐두었던 미호천교 부근으로 나갔다. 부처꽃이 무더기로 피었다. 방천이 온통 자줏빛이다. 지난여름 홍수로 떠내려온 온갖 쓰레기 더미 위에서 작년과 다름없이 피었다. '부처'라는 이름을 달고 있어선지 검불 하나 묻지 않은 자줏빛이 깔끔하다. 홍수로 버드나무가 뽑히고 개흙이 쌓였는데도 제자리에서 피어나 청정함을 잃어버리지 않았다.

미호천 부처꽃은 까치내 사람들을 닮았다. 물들이기를 앞둔 초록이 최후의 푸름으로 발버둥 치는데 부처꽃은 자줏빛이 더 애절하다. 까치내 들은 지난 장마에 홍역을 치렀다. 볏논에 물이 들고 금덩이같이 다 익은 참외가 떠내려갔다. 비닐하우스는 탁류에 휩쓸렸다. 그래도 변함없이 오늘을 사는 까치내 사람들이다. 세상은 온갖 천박한 가치들이 발광을 해도 담배 한 개비 피워 물면 울분은 연기 따라 사위어 버린다. 그럴 수밖에 없다. 그렇게 사는 것이 까치내 사람들의 지혜이다.

흙탕물이 개흙으로 남은 마당은 겨우 씻어냈으나 무너진 담장은 아직 그대로인데 기념사진 찍듯이 다녀간 나으리들도 이제는 오지 않는다. 까치내 사람들은 나으리들이 오지 않아도 밭에 나간다. 곯아 터진 참외덩굴을 걷어내고 뒤덮은 잔자갈 골라내고 남새밭을 다듬어 나으리들이 먹을 김장배추씨를 넣는다. 미호천 우거진 갈대숲에 숨어 사는 고라니가 좋아하는 근대는 몇 고랑 더 심는다. 까치내 사람들은 비가 오든 가뭄이 들든 제 할 일을 다 한다. 부처꽃이 제 색깔인 자줏빛으로 피어나듯이 말이다.

부처꽃은 백중에도 거둘 과일이 없는 까치내 사람들을 위해서 피어났다. 그 옛날 부처님께 바칠 연꽃이 없어 울고 있던 가난한 아낙의 눈물을 씻어주던 부처꽃이 오늘은 까치내 사람들의 눈물을 씻어준다. 부처꽃은 그래서 부처꽃이다. 사랑은 슬픈 것인가, 애절한 것인가. 부처님을 사랑하던 아낙의 애절한 발원을 표상하는 부처꽃을 보면서 사실은 웬수 같은 고라니의 배고픔도 살피는 까치내 사람들의 애절한 사랑을 본다.

연꽃도 지고 없는데 부처꽃은 연꽃 대신 부처님께 오를 애절한 사랑이다. 까치내 사람들처럼 피어서 까치내 사람들의 마음을 어루만져주는 부처님 같은 꽃이다. 자전거를 세워놓고 전설이 된 부처꽃 사랑을 그리며 과만過滿하게 성자 흉내를 내며 허허롭게 서성거렸다.

_2017년 9월 2일
미호천에서

미호천 개똥참외

미호천 방천 둑 아래 못 보던 꽃이 피었다. 처음에는 가시박인가 했는데 병아리 주둥이처럼 노랗고 앙증맞은 꽃이 아무래도 참외꽃이다. 개똥참외가 아닐까? 자전거를 세우고 살펴보았다. 이런, 이런 개똥참외다. 벌써 암꽃 한 송이가 아기방에 아기씨를 실었다.

지난 홍수로 온갖 오물이 떠내려와 쌓였는데 쓰레기더미를 비집고 덩굴손을 내민다. 세상은 온갖 천박한 가치들이 제각기 박자도 없는 춤을 추고 있는데 개똥참외는 뿌리를 내리고 덩굴을 벋어 서둘러 꽃을 피웠다. 제 할 일을 다 한 것이다. 수컷은 수꽃을 피울 줄 알고 암컷은 당연히 암꽃을 피웠다. 수꽃은 섭리처럼 암컷의 꽃술에 꽃가루를 뿌리고 서산에 지는 해를 바라보며 장엄하게 최후를 맞을 것이다. 개똥참외는 그렇게 섭리대로 산다. 이제 곧 찬바람이 나면 열매가 익어 씨앗을 남길 수 있을지 앞날이 어둠에 가릴지라도 오늘은 꽃을 피운 것이다.

참외는 어디서 어떻게 떠내려와서 씨앗을 내렸을까. 미호천 자전거 길을 바로 넘어선 황토물이 찰랑찰랑 풀숲에 잔물결을 일으킬 때, 동동 떠내려온 참외씨앗이 오로로 모여 있다가 물이 빠지자 바로 자리를 잡은 것이다. 이 아이들은 태생부터 개똥참외가 아니다. 까치내 상류 어느 참외밭에서 수확을 기다리던 잘 익은 돈 덩이였다. 농투사니의 희망이고 꿈이었을 것이다. 억수로 퍼붓는 비를 맞고 탁류에 떠내려온 귀공자이다. 개똥참외 신세가 된 귀공자이다. 증평 보광천에서, 진천 백곡천에서, 청주 무심천에서 고임 받던 귀공자가 탁류에 떠내려와 버림받고 천대받는 개똥참외 신세가 되어버린 것이다.

개똥참외는 천대받았든 버림받았든 제 할 일을 다 한다. 서둘러 덩굴을 벋고 노랗게 꽃을 피우고 열매를 맺으려는 서슬이 퍼렇다. 비록 밭에 들지 못하고 미호천 뚝방 아래 자리를 잡았어도 제 할 일이 뭔지 안다. 나는 암꽃 한 송이에 맺힌 작은 아기씨를 보며 애처롭다. 덩굴에서 수꽃 한 송이를 따서 암꽃에 가루받이를 해주었다. 별수 없어 보이는 개똥참외 가루받이지만 왕가의 혼인식 주례라도 된 것처럼 기뻤다. 오늘 밤에는 이 아이들이 밀월여행을 하리라.

나는 절실하게 기도한다. 개똥참외 아기씨가 잘 자라고 익어서 성과가 되어라. 잘 익은 개똥참외는 미호천으로 합강으로 백강으로 떠내려가, 고라니 쫓는 까치내 농투사니 허기도 달래고, 곰나루 동학군 제사상에도 오르고, 사비성 부흥백제군 영가에도 오를지어다. 출생 신분이야 아무리 개똥이지만 거룩한 일에 왕후장상王侯將相이 따로 있으랴. 기어이 그리되어라.

개똥참외는 참외밭에 들지 못하고 밭둑 똥 더미에서 나고 꽃피고 열매 맺었어도 제 할 일을 다 할 것이다. 홍수가 나도 증평 사람들은 삼포에 가고, 진천 사람들은 멧돼지를 쫓고, 까치내 사람들은 고추를 따듯이 어우렁더우렁 제 할 일 다 하며 그렇게 살아갈 것이다.

_2017년 9월 3일
미호천에서

무릇은 여린 꽃이 핀다

미호천에서 무릇꽃을 찾았다. 무릇은 이른 봄 해토머리 다른 풀이 나오려 꿈도 꾸지 않을 때에 돋아난다. 처음에는 진한 보라색 두세 잎이 '쑥-' 올라온다. 붉은색이 조금씩 가시면서 녹색으로 변하는 데 며칠 걸린다. 녹색이 되면 벌써 한 10cm 가까이 된다. 그만큼 생명력이 강하다. 다른 풀들은 아직 마른 잎으로 있는데 먼저 힘차게 나오는 것을 보면 땅이 풀리기도 전에 이미 땅속에서 보따리를 싸 놓고 떠날 준비를 했을 것이다. 처음에는 이들이들하게 싹이 트니까 무릇은 눈에 잘 뜨인다. 논둑이나 밭둑 약간 습한 곳이면 무릇이 지천이었는데 최근에는 흔하게 보이지는 않는다.

무릇 싹은 비교적 눈에 잘 뜨이지만 가을에 피는 꽃은 쉽게 보이지 않는다. 아무도 꽃에는 관심이 없기 때문이다. 자전거길을 천천히 달리며 엊그제 본 부처꽃을 쳐다보는데 언뜻 연보라 꽃이 보였다. 색깔이 하도 연하고 서너 줄기 피어난 꽃대도 하도 연약해 보여서 타래난인가 했다. 산에서 처음 보았던 귀한 타래난을 여기서 보다니 나는 마음이 약간 들떴다. 자전거를 세우고 가까이 가서 자세히 살펴보니 타래난은 줄기가 나선으로 돌아서 올라가는데 이건 밋밋하다. 꽃도 타래난보다 더 많다. 무릇꽃이었다. 무릇도 있는 곳에서는 무더기로 피우는데 혼자서 피었다.

무릇은 연분홍으로 아주 여린 꽃을 피우기에 만나기가 쉽지 않다. 그래도 무릇꽃은 여릴수록 무릇답다. 강하고 소담한 것은 오만해 보인다. 처음 싹이 돋는 이른 봄에는 그렇게 맹렬하게 올라오는데 꽃은 왜 이리 여릴까? 꽃을 들여다보며 나는 그것이 참 궁금했다.

무릇은 우리 마을에서 '물굿'이라 했다. 물굿이 구황救荒 식품이라는 것은 아는 사람만 안다. 이른 봄 마른 풀잎 사이에서 보랏빛으로 싹이 터서 초록으로 변할 때쯤이면 마을 사람들은 바구니를 들고 들로 나선다. 물굿을 캐러 가는 것이다. 초록 잎뿐만이 아니라 연보라 알뿌리까지 캐서 쑥이나 둥글레 뿌리 같은 구황식물들과 함께 가마솥에 넣고 푹 고아서 먹는다. 물굿을 많이 먹으면 이빨과 혓바닥이 새까매진다. 먹어도 먹어도 배가 부르지 않은 물굿을 입안이 온통 새까매질 때까진 먹어대어 주린 배를 채웠다. 맛은 잘 기억나지 않는데 먹기 싫을 정도로 맛이 없는 것은 아니었던 것 같다.

물굿으로 점심을 에우고 마을에 나가면 아이들이 새까만 혀를 길에 빼어 서로 누가 더 까만가 내기를 하며 깔깔댔다. 그때는 가난도 그렇게 당연하고 즐거웠다. 보릿고개에도 쌀밥만 먹는 방앗간 집 아들은 물굿 맛을 보지 못해서 아이들에게 놀림감이 되었다. 우리는 그렇게 함께 가난하고 함께 배가 고파서 먹을 게 생기면 함께 나눌 줄을 알았다. 배부른 아이들은 배고픈 게 뭔지 모르니 나눌 줄도 몰랐다. 물굿을 먹고 싶어도 그런 건 가난한 집 아이들이나 먹는 것이라는 부모님의 가르침 때문에 먹어보지 못했을 것이다.

알고 보니 무릇은 약이 된다고 한다. 한약 생약재 이름으로 면조아綿棗兒라 한다. 둥글레, 참쑥과 함께 달여먹거나 엿으로 만들어 먹으면 심장이 튼튼해지고 신장에도 좋고 근육이 강해져서 허약 체질이 튼튼해진다고 한다. 그렇다면 보릿고개에 아이들에게 딱 맞는 약재이다. 심장이 강해지고 근육이 튼튼해지면 아이들이 더 바랄 게 뭐가 있겠는가. 김오곤 한의사가 지은 〈산나물 들나물〉에는 혈액순환을 돕고 염증을 방지한다고 반찬으로 졸여 먹으라고 했다.

이제는 무릇을 약으로 먹는다니 세상 참 많이도 변했다. 보릿고개가 괴롭던 시절 구황식물들은 풍요 시대를 맞아 거의 다 건강식품이 되었다. 어렵고 힘든 어린 시절에도 우리는 생약을 먹고 자란 것이다. 한창 자랄 때 영양보다 건강식품을 마구 먹어댄 덕으로 지금은 남보다 더 건강하다고 생각하니 옛 가난이 새삼 고맙다. 또한 남의 것 흘겨보지 않고 부끄럽지 않게 사는 지금, 정신 건강에도 도움이 된 것이니 무릇은 영혼에도 약이 된 것 같다. 대지는 육신에만 영양을 준 것이 아니라 정신에도 건강을 주었다. 참 감사한 일이다.

무릇은 꽃이 여릴수록 약이 되는 모양이다. 몸이든 마음이든 가난한 사람에게나 눈에 띄

는 꽃이다. 생각이 여기에 이르니 궁금증이 풀렸다. 싹은 이들이들하게 올라와야 굶주려 흐릿해진 눈에도 잘 띄고, 꽃은 여리게 피어야 사람들 눈에 띄지 않고 남아서 내년 보릿고개에 구황救荒을 준비할 수 있을 것이다. 무릇꽃의 여리면서도 깊은 뜻을 깨달으니 어머니 같은 대자연의 섭리가 더욱 장엄하다.

한참을 들여다보다 돌아왔다.

_2017년 9월 5일
미호천에서

가을에 핀 삘기꽃

이런! 9월인데 삘기가 꽃을 피웠네. 5월에 피는 띠 꽃이 9월에 피었네. 때를 모르고 피었나. 삘기 밭도 아니고 함양 백암산 다 올라가서 묵은 묘처럼 보이는 봉분에 딱 두 줄기가 피어났다. 처음에는 억새인가 했는데 분명 삘기꽃이다.

삘기라고 더 많이 불리는 띠 꽃은 마을 언덕이나 밭둑에 피든지, 낮은 산 양지바른 묘 제절에서 이른 봄에 아이들의 소망을 저버리고 원망스럽게 피었었다. 그런데 얘는 제철도 아니고 제자리도 아닌 곳에서 하얗게 피어나 씨나래 날릴 준비를 하고 있다. 볕이 따갑다.

지금은 눈에 잘 뜨이지 않지만 예전에는 이른 봄이 되면 밭둑이나 따뜻한 묘 제절에 삘기 배통이 통통하게 불어났다. 아기 손을 잡듯 살며시 잡아당기면 풋 향내가 살짝 나는 보드라운 삘기가 올라왔다. 껍질을 벗겨 입에 넣으면 달근한 맛, 씹을수록 혀에 감기는 촉촉한 감촉이 좋았다. 종일 삘기를 뽑으며 달달한 맛에 대한 소망을 다스렸다.

삘기 뽑기는 혼자 하지 않았다. 마을에 같은 소망을 가진 친구들 너덧 아이들이 몰려다니며 함께 뽑았다. 삘기는 제때 배가 불러오고 우리가 뽑기 전에 바로 하얀 꽃을 피웠다. 그렇게 아쉬움을 남기고 꽃을

피워버린다. 꽃이 피고 나면 우리들 눈에서 우리의 관심에서 바로 사라졌다.

오늘 새벽에 반세기나 마음을 함께한 친구의 부음을 들었다. 병마에 시달리고 있는 친구를 한 번 더 찾아가야지, 전화 한 번 더 해야지 하면서 하루하루 미루다 부음을 들은 것이다. 친구의 죽음은 그저 슬픔이 아니다. 두려움이다. 나의 죽음이란 공포로 다가온다. 죽음이 공포라면 친구의 죽음은 그 공포를 아주 실감 나게 일깨워 주었다.

조금만 더 살지. 친구는 다른 친구들보다 삶을 서둘렀다. 서둘러 결혼하고 서둘러 남매를 낳고 우리가 결혼을 생각할 때쯤 셋째를 낳고 마감했다. 서둘러 승진하여 퇴임하고 새집 짓고 귀향하더니 서둘러 삘기꽃 피는 동산으로 영원히 돌아갔다. 착하게 살면 복 받는다는 말도 거짓이다. 이 친구만큼 착하게 산 사람이 또 있을까?

정상 가까운 묘지에서 삘기꽃을 보니 볼수록 서럽다. 친구의 부음을 듣고도 산으로 온 나를 비웃는 것 같기도 하고, 한 번 더 찾아보지 못한 나의 게으름을 탓하는 것 같기도 하고, 나를 그리며 동구 밖을 바라보다 떠났을 것 같기도 하여 이 사람이 여기까지 쫓아와 날 원망하는 것 같기도 하다. 생각날 때 한 번 더 가볼 걸, 생각나면 하루에 두 번이라도 가볼 걸, 이렇게 영영 만날 수 없는 세계로 가버리는 것을….

삘기꽃이 피었다. 봄 4월이나 5월에 피는 띠 꽃이 9월에 피었다. 산소에 띠를 두 번 깎는 부지런한 자손 덕으로 한 해 두 번째 피는 꽃이 가을에 내게 삘기꽃을 보내주었다.

산이 숨 가쁘다. 친구가 숨 가쁘게 떠난 날, 가는 친구를 그냥 두고 산에 오르려니 더 숨이 가쁘다.

_2017년 9월 9일
함양 백암산에서

목화꽃은 포근한 사랑

산에서 보는 가을 하늘은 처절하게 파랗다. 어찌 하늘빛이 저렇게까지 고울 수 있을까? 해마다 가을이면 이토록 처절하게 푸른 하늘을 보고 또 보아야 한다. 가을 하늘은 파랄수록 슬프다. 어머니 떠나시던 그 가을 새벽하늘이 저렇게 곱고 파랬다.

대진고속도로 덕유산 휴게소에서 목화꽃을 보았다. 휴게소에 갸륵한 생각을 가진 사람이 있어서 비록 화분이기는 하지만 목화씨를 세워 꽃을 피워냈다. 목화는 씨를 세우기가 어려운 만큼 그 꽃이 화사하다. 볼수록 따듯하다. 하얗게 피어서 성숙할수록 홍조를 띠는 모습이나, 초록 다래가 갈색으로 익어가는 모습이 다 옛날 그대로이다. 가루받이가 끝났는지 하얀색 꽃살이 초경 하는 아이 개짐에 배어나듯 붉어가는 모습이 곱다. 마치 신방에서 첫 밤을 겪어내고 첫 문을 열고 나오는 첫새벽 색시처럼 곱다. 내 가슴까지 설렌다.

가을조차 익어버리면 다래는 저절로 벌어져 예닐곱 개의 씨앗 방에서 새하얀 면화가 터져 나온다. 엄마는 절로 터져 나오는 목화솜을 일일이 손으로 따서 모았다. 가을이 깊어 다래 달린 채 남은 목화 대궁은 베어서 볕이 잘 드는 산소 제절에 널어놓고 다래가 터질 때마다 한 송아리 두 송아리 목화솜을 따서 붉은 수수 이삭 담긴 댕댕이보구리에 담아오셨다. 그것은 엄마의 노동을 준비하는 작업이다. 씨아로 씨를 바르고 목화솜을 타고 고치를 만들어 물레를 돌려 실을 뽑고 베틀에 올려 베를 짜야 한다. 목화꽃은 엄마의 끊이지 않는 숨 가쁜 노동을 품고 있다.

수업료 달라는 말이 영 나오지 않을 때는 목화솜 따는 엄마에게 갔다. 목화 대궁을 드놓으면서 거드는 척하다가 목에 걸린 생선 가시를 빼내듯이 그 힘든 말을 뱉어냈다. 목화솜처럼 포근해진 엄마는 고쟁이 안주머니에서 꼬깃꼬깃 한 달치 수업료 사백오 원을 꺼내 주셨다. 지폐를 세는 엄마의 손이 지폐만큼 파랗다. 푸릇푸릇 백 원짜리 지폐가 하얀 목화솜 때문에 퍼렇게 멍이 들어 보였다. 우리 엄마 손도 다른 엄마들처럼 가늘고 긴 손가락이었으면 좋겠다는 생각은 하지도 못했다.

평생 무명 앞치마 풀어놓지 못하던 어머니는 하늘빛이 처절하게 고운 날, 그날만은 당신이 베틀에 앉아 손수 짜신 명주옷으로 갈아입으시고 저 강을 건너가셨다. 지금도 어드메서 무명 앞치마 입고 목화솜을 따서 댕댕이보구리에 담고 계실까.

휴게소 앞산에 저녁 해가 목화꽃에 더 붉게 타다가 산을 넘어간다. 서산에 지는 초가을 태양은 목화꽃이 더 고운 이유를 알까 모를까. 가을 하늘이 더 처절하게 슬픈 이유를 알까 모를까.

목화꽃, 그냥 봐도 포근한데 꽃말이 '어머니의 포근한 사랑'이란다.

_2017년 9월 9일
대진고속도로 덕유산 휴게소에서

덩굴꽃이 자유를 주네

― 둥근잎유홍초꽃 ―

　이른 아침 주중리에 갔다. 아침에 이슬이 맑다. 농로를 달리는 자전
거 타이어에 이슬 젖은 흙이 묻어난다. 참 곱다. 어느새 벼이삭이 초
록빛 잎사귀 사이로 노랗게 고개를 숙였다. 아침에는 이슬이 맑고 시
원해도 한낮에는 이마를 벗겨낼 듯 볕이 따갑다. 페달을 서둘러 밟을
필요가 없다. 날마다 바뀌는 가을의 부름에 눈길을 보내느라 서두를
겨를도 없다.

　둥근잎유홍초는 논둑이나 밭둑에 아무렇게나 벋어가기도 하고, 잡
초더미나 개바자를 올라타고 진홍색 꽃을 피우기도 한다. 욕심을 부리
지 않아 결코 게걸스러워 보이지 않는다. 그런데 이게 웬일인가? 콘크
리트 전봇대를 끌어안고 올라가 소담스럽게 꽃을 피웠다. 둥근잎유홍
초는 개바자에 피어야 하고 콘크리트 전봇대는 경직되어 있어야 하는
규범을 버렸다. 회색 전봇대는 제가 지닐 규범을 잊어버리고 둥근잎유
홍초꽃 진홍색으로 온몸을 휘감았다. 규범도 버리고 관습도 버리고
온통 아름다운 사랑으로 치장한 것이다. 전봇대는 초록과 진홍색을
휘감고 딱딱한 회색으로부터 탈피했다. 아, 그렇구나. 규범과 관습으로
부터 탈피하면 자유를 얻는구나. 나는 여기서 작은 깨달음을 얻는다.

이럴 때 나는 나무가 되고 싶어 미쳐버린 한 여자를 찾아낸다. 한강의 소설 〈채식주의자〉에서 채식주의자가 된 영혜이다. 그녀는 형부가 나신에 그려주는 덩굴꽃 그림을 온몸에 받아들이며 고루한 규범과 관습으로부터 탈피한다. 아니 규범이라는 폭력으로부터 벗어났다. 아예 자신이 덩굴꽃이 되었다고 착각했는지도 모른다. 여자는 브래지어로 가슴을 가려야 한다는 규범, 아내는 사랑도 느낌도 없이 남편의 성적 요구를 무조건 받아들여야 한다는 관습적 책임감, 콘크리트 전봇대처럼 굳어버린 그 이상한 관습으로부터 벗어나고 싶었다. 사람은 사람이 아닌 다른 동물을 먹어도 된다는 관습, 다른 종의 동물도 나와 같은 생명을 지닌 '남'이라고 생각할 줄 모르는 폭력, 남을 고기라 생각하고 먹어야 한다는 관습적 폭력으로부터 벗어나고 싶었다. 아버지는, 남편은, 오빠는, 딸을, 아내를, 여동생을 때려도 된다는 폭력, 강자는 약자를 때리고 밟아도 된다는 폭력적 사고로부터 벗어나고 싶었다. 사람들은 다 영혜를 미쳤다고 생각했다. 아버지도, 남편도, 언니도 그렇게 생각했다. 나는 어느덧 영혜의 편이 되어 있어 답답했다.

영혜의 행동을 보며 나는 문득 광주가 생각났다. 〈채식주의자〉를 읽으며 80년대 서른셋 젊은 나이에 읽었던 황석영의 〈죽음을 넘어 시대의 어둠을 넘어〉가 떠올랐다. 일금 4,000원짜리 광주민중항쟁 기록인 이 책을 읽고 석 달가량 채식주의자가 될 수밖에 없었던 기억 말이다. 군화에 허옇게 묻어난 사람의 골, 대검으로 잘라낸 열아홉 여고생의 가슴, 술에 취한 권력의 무한한 폭력은 바로 한강의 소설 《소년이

온다》가 받아들였다. 관습과 규범이 타락하면 바로 악법이 된다. 악법은 폭력을 부른다. 이것이 문명이라는 옷으로 치장한 관습과 폭력으로부터 벗어나야 하는 정당한 이유이다.

덩굴식물은 대개 남을 감고 기어오른다. 그래서 결국 남을 잡아먹고 만다. 늘 지탄만 받아오던 외래식물인 가시박이 올여름엔 더 심하게 횡포를 부렸다. 지탄받아 싸다. 미호천 방천에 이들이들하던 버드나무를 휘감고 올라가 결국은 말려 죽였다. 가시박은 우선 나무 밑동에서부터 조금씩 타고 올라가 한 가지씩 잡아먹다가 유월쯤이면 나무 전체를 뒤덮어 고사시킨다. 버드나무만 그런 게 아니다. 주중리 개천 둑에 있는 대추나무를 비롯한 나무란 나무는 모두 가시박의 폭력에 짓

밟혔다. 가시박은 부당한 관습에 얽매인 영혜의 아버지 같은, 남편 같은, 오빠 같은 존재이다. 가시박은 광주의 뭉툭한 군홧발이다. 사람들은 가시박이나 칡덩굴이나 다래덩굴이나 으레 다 그러려니 한다. 그것이 섭리려니 한다. 그렇게 폭력도 당연한 관습이 되어 버렸다.

둥근잎유홍초는 때로 길가의 작은 나무를 타고 올라가기는 하지만 다른 덩굴식물처럼 말려 죽이지는 않는다. 덩굴꽃의 관습을 벗은 착한 아이는 밭둑을 슬슬 기어 다니거나 개바자로 올라가 진홍색으로 예쁜 꽃을 피운다. 동그란 잎도 크지 않아 볕을 가리지 않는다. 그래서 사랑을 받는다. 사랑을 가진 사람이 사랑을 받듯 그렇게 사랑을 받는다.

관습과 규범으로부터 탈피하면 아름다운 사랑을 가질 수 있을까? 영혜는 남편의 관습적인 요구를 거부하였다. 느낌도 없이 행위만 있는 일방적 관습을 거부한 것이다. 그것은 고기를 먹으라고 강요하는 아버지의 폭력을 거부하는 것과 같은 맥락이다. 남편과 아버지의 폭력을 거부하고자 하는 영혜의 신념은 고기를 먹는 폭력을 거부하는 것으로 행동화한다. 고기를 먹는 관습, 사랑도 없이 성을 받아들이는 관습, 아버지의 명을 무조건 받아들이는 관습, 이미 규범이 되어버린 관습으로부터 탈피하는 것이 자유를 얻는 지름길임을 알았다.

영혜는 규범과 관습을 탈피하여 얻어낸 원시적 자유를 아주 쉽게 행동으로 옮긴다. 바로 형부와 성을 행동화한다. 형부가 발가벗은 몸에 덩굴꽃을 그려주자 자신이 폭력을 모르는 식물이 된 것으로 착각했다. 식물이 되었으니 규범이 필요 없다고 생각했을까. 어쩌면 자신의 소망이고 형부의 소망이었는지도 모른다. 어쩌면 사람이란 동물이 규범 속에 감추고 있는 솔직한 본능이었을 것이다. 우리는 관습의 저고리와 규범의 두루마기 속에 얼마나 많은 본능을 억누르고 살았는지도 모른다. 영혜와 형부처럼 원시적 행동이 소망이었는지도 모른다. 그런 꿈은 아예 갖지 않은 체하고 살았는지도 모른다. 나신에 덩굴꽃을 휘감고 형부와 정을 통한 영혜는 만족감을 느낀다. 그것은 성적 쾌감이라기보다 원시로 돌아간 자유에서 오는 쾌감이었을 것이다.

자유를 깨달은 영혜는 인제는 아예 나무가 되고 싶어진다. 광합성으로 사는 것이 온전한 자유의 실현이라는 신념을 갖는다. 그래서 나무가 될 궁리를 한다. 웃옷을 벗고 가슴을 드러낸 채 볕을 쬐기도 하고, 태양을 향해 팔을 벌려 햇볕을 받는다. 발밑에서 뿌리가 나올 것이라 자랑한다. 채식주의자는 다만 채식으로 자신의 꿈을 끝낸 것은 아니었다. 문명이라는 허울을 쓴 사람들은 영혜가 획득한 영원한 사랑과 자유를 미쳐버린 것으로 착각한다.

둥근잎유홍초에게 그림처럼 휘감긴 딱딱한 전봇대는 얼마나 황홀할까? 규범의 옷을 벗어버린 본능의 자유를 마음껏 누릴 것이다. 나도 때로는 머리가 내리는 명령을 거부하고 가슴이나 몸이 원하는 대로 살고 싶을 때가 있다. 이 말은 진정 솔직한 고백이다. 그러나 나는 지금도 그 명령을 거역할 용기가 없다. 그런 나 자신이 치졸하게 느껴질 때마다 영혜의 용기가 부럽다. 형부의 탈선이 대견하다. 오늘 아침에는 콘크리트 전봇대를 칭칭 감고 올라간 덩굴꽃이 부럽다. 그렇게 경직을 깨어버린 용기가 부럽다. 규범도 관습도 없는 영원한 사랑을 말하고 있는 둥근잎유홍초꽃의 진홍색 입술이 부럽다.

_2016년 9월 13일
주중리에서

자연은 모두 형제이다. 봉선이 형제이듯이 나무는 나무
끼리 형제이고 고라니는 고라니끼리 형제이다. 눈을 크게 뜨고 보면
고라니랑 멧돼지도 형제이고 소나무랑 참나무도 형제이다.
나는 나무의 날숨으로 숨을 쉬고 나의 날숨은 나무의 들숨이 된다.
우리는 마시는 바람까지 공유하는 형제이다. 내가 풀과 나무의 열매
를 먹고 살았듯이 미래에는 내 살이 썩어 그들의 영양이 될 것이다.

미호천 왕고들빼기 꽃

미호천에 예쁜 들꽃이 무덕무덕 피었다. 며칠 전만 해도 꽃대조차 보이지 않더니 무더기로 피어 있다. 멀리서 봐도 청초하다. 자전거를 세우고 가까이 가서 들여다본다. 볼수록 예쁘다. 굳이 존재를 드러내려 하지 않는다. 요란한 색깔도 아니고 향기가 진한 것도 아니다. 꽃이 소담하게 크지도 않다. 그냥 희끗희끗할 뿐이다.

여름내 무성한 풀숲에서 남들처럼 이슬 맞고 바람맞다가 선들바람이 불면 꽃대가 올라온다. 꽃대는 개망초보다 높고 쑥대보다 높이 쭉 뻗어 오른다. 그렇게 높은 곳에서 푸른 하늘을 배경으로 꽃을 피운다. 노란색도 아니고 그렇다고 아주 하얀 색도 아니다. 어머니가

베틀에 앉아 손수 짜낸 부드럽고 윤기 나는 명주색이다. 옅은 현미색
이다. 그런데 나비나 벌은 다른 꽃보다 먼저 찾아든다. 명주인 줄 알고
찾아올까, 따뜻한 사랑인 줄 알고 찾아올까.

왕고들빼기 꽃이다. 고들빼기 중에서 제일 크게 자라는 왕고들빼기
가 꽃을 피웠다. 다른 고들빼기들은 대개 샛노랗게 꽃을 피우는데 왕
고들빼기만 옅은 명주 색으로 피어난다. 고들빼기는 땅속 깊이 곧게
뿌리를 내린다 하여 고들빼기라 한단다. 척박하거나 말거나, 시원한
물을 찾아 나서는 일도 없다. 영양이 좋거나 말거나, 달콤한 젖줄을
좇는 일도 없다. 그냥 땅만 보고 땅을 향하여 곧고 깊게 파고든다. 고
들빼기는 땅이 본분인 걸 다 안다. 그런 고들빼기의 왕, 왕고들빼기다.
　고들빼기가 꽃을 피우는 미호천에는 미호천 사람들이 산다. 미호천
사람들은 고들빼기 꽃을 보면서 산다. 고들빼기로 김치를 담가 먹고,
고들빼기 잎을 쌈으로 먹는다. 세상살이 온갖 고통을 다 싸서 먹는다.
땅에 곧게 뿌리를 내리느라 힘겨워 쌉쌀해진 맛을 먹고 사는 미호천

사람들은 사는 것도 으레 쌉쌀하려니 한다. 부富가 그리워 곁눈질하는 법이 없다. 배만 곯지 않으면 된다. 쌀농사를 짓던 이들은 논에 물을 가두고 모를 심어 쌀을 거두는 것을 천명으로 안다. 벼 수매가를 낮추거나 말거나 백성이 먹을 만큼은 농사를 짓는 것이 미호천 사람들이 지녀온 사명이다. 쌀값이 내려진다고 내 양식만 거두고 돈 되는 작물을 곁눈질하는 법도 없다. 배추를 심던 자리는 늘 배추를 심고, 가지를 심던 자리는 가지를 심는 걸 사명으로 안다. 미호천 사람들은 겨레의 밥상을 걱정한다.

미호천 사람들은 이념을 모른다. 그냥 사람다운 사람을 사람으로 여긴다. 목마르면 샘 파서 물을 마시고 배고프면 씨 뿌려 밥 먹고 사는 게 미호천 사람들의 삶이다. 미호천 사람들은 사람다운 사람을 사람으로 여기는 것이 이념이다. 미호천에 사는 사람들은 고들빼기의 곧은 뿌리를 닮았다. 이해를 속셈할 줄 모르는 무모한 이념은 흔들릴 줄도 모른다. 때로 핫바지라 조롱당하기도 하지만 그것이 섭리라면 그냥 맞고 사는 것이 그들의 이념이다.

미호천 왕고들빼기 꽃을 보면서 미호천 사람들을 생각한다. 왕고들빼기처럼 쌉쌀한 맛을 이념으로 삼은 사람들은 오늘도 곧게 미호천에 뿌리를 내린다.

_2017년 9월 13일
미호천에서

들깨꽃과 가시박

밖은 아직 어둑하다. 그래도 백화산 너머 하늘이 발그레하다. 백화산 등성이를 어루만지며 오르내리는 산안개가 뽀얗다. 이럴 때는 주중리에 간다. 주성사거리에서 신호를 기다려서 횡단보도를 건너면 바로 벼가 누릇누릇 익어가는 주중리 농로를 달릴 수 있다.

마을은 조용하다. 집집마다 꽃을 피웠다. 나가 있는 식구를 꽃이 대신하는가. 나는 집에 피어있는 꽃에는 관심이 적다. 논두렁 밭두렁에 피어나는 들꽃이나 들풀이 좋다. 벼는 어제보다 더 누렇고 그제보다 더 고개를 숙였다. 벼이삭에 이슬이 초롱초롱 맺혔다. 대추알도 더 굵고 밤송이는 절로 벌어 풀숲에 반짝반짝 아람이 나뒹군다. 세상은 날마다 조금씩 더 익어간다.

시냇물이 맑다. 모래는 손으로 비벼 씻어놓은 것처럼 깨끗하다. 방천 둑길을 달리노라면 볏논도 보이고 시냇물도 보인다. 주중리 사람들은 시멘트 포장된 밭머릿길 자투리땅에 들깨를 심어 먹는다. 아마도 들깨를 팔아 돈을 사기보다 들기름을 짜서 고소하게 살고 싶었을 게다. 알이 여문 들깨를 털며 한여름 동안 고초를 털어낼 것이다.

들깨가 꽃을 피웠다. 들깨 송아리에는 이제 막 알이 들기 시작하는 것 같다. 들깨 송아리마다 하얗게 이슬이 내려앉아 마치 꽃처럼 예쁘다. 깻잎은 간밤 슬쩍 내린 비에 씻겨 깔끔하다. 밭머릿길 자투리땅에서 자라는 들깨라도 익어가기는 마찬가지이다. 논둑에서 밭둑으로 죽 이어지는 머릿길에서 들깨 익어가는 냄새가 난다. 주중리 들깨는 고소한 냄새만 나는 게 아니다. 주중리 사람들의 땀 냄새가 난다. 지난여름 휩쓸고 간 흙탕물 냄새, 나간 자식 그리는 그리움 냄새, 한숨 냄새, 눈물 냄새, 온갖 삶의 냄새가 배어 있다. 주중리 밭머릿길 들깨밭에서 풍기는 삶의 냄새는 아무나 맡을 수 있는 것도 아니다. 마음이 있어야 맡아진다.

주중리 방천 둑에는 들깨만 있는 것이 아니다. 아무도 심지 않은 가시박 덩굴도 있다. 가시박은 아무도 반가워하지 않는데도 손을 내민다. 나뭇가지도 좋고 망초 대궁도 좋다. 덩굴손을 길게 늘여 좋아하든 싫어하든 손을 잡는다. 그리고 막무가내로 타고 오른다. 가뭄도 장마

도 간신히 견디고 이제 겨우 꽃을 피우고 깻송아리를 맺었는데 들깨밭도 뒤덮었다. 어젯밤에는 어떤 흉계를 꾸몄기에 덩굴손이 살모사 대가리를 하고 일제히 하늘로 뻗어 있다. 깨밭을 뒤집어엎을 기세이다. 온통 가시박 세상이다.

가시박은 승자라 패자인 들깨의 고소한 문화를 포용할 줄 모른다. 인간사만 그런 줄 알았는데 한갓 들풀의 세상도 그런가 보다. 가시박이 들깨밭을 마구 휘저으며 꽃을 피우는 것을 보니 어느 정치인이 냅다 내뱉은 '궤멸'이란 말이 떠오른다. 텔레비전 화면에서 안경 너머로 가느다란 눈꼬리를 치켜뜨고 독살스럽게 내뱉던 '궤멸!'이란 외침 때문에 부르르 떨리던 그 날이 말이다. 역사의 한쪽은 궤멸되는 것은 아닌가 두려웠던 그날 말이다.

아, 나는 들깨꽃일까, 가시박 덩굴손일까. 생각하는 순간, 가시박이 음흉한 덩굴손을 내게도 내밀고 있다. 그놈들이 자꾸 '궤멸! 궤멸!' 하고 손가락질하는 것 같다. 아니다. 여긴 내가 있을 자리가 아니다. 자전거를 집어 타고 페달을 밟는다. 기어를 올리고 페달을 더 세게 밟는다.

다행이다. 자전거는 바퀴가 앞뒤로 둘이라 꼬꾸라지지 않는다. 오른쪽 왼쪽에 핸들이 있어 한쪽으로 넘어지지도 않는다. 페달이 둘이라 앞으로 나가기도 쉽다. 둘이어서 참 다행이다. 역사도 두 바퀴로 굴러가면 넘어지지도 꼬꾸라지지도 않을 것이다. 아직도 궤멸이란 악머구리가 짖어대며 내 뒤를 마구 따라오는 것만 같다. 나는 고소한 들깨꽃을 버려두고 모든 정의를 외면한 채 마구 도망친다. 개울 건너 언덕 위 저택에서 개가 짖는다. 마구 짖어댄다. 무섭게 쫓아오는 것 같다.

궤멸이란 외마디 소리가 나의 이념도 정서도 궤멸시켜버릴 것만 같다. 식은땀이 흥건하다.

_2017년 9월 20일
주중리에서

동부꽃 피는 한가위

5시 30분 기침했다. 주중리에 갔다. 어제 봐 두었던 동부꽃을 찍고 싶었다. 어제 자전거를 타고 지나치다 보니 예쁘게 활짝 핀 꽃이 보이지 않았다. 오늘쯤 은 아무래도 '뿍' 하고 소리를 내며 신비스런 봉오리를 터드렸을

지도 모른다. 아침이슬이 강아지풀꽃에 하얗다. 강아지 꼬랑지 털보숭이 같다. 가을은 아침 기운이 다르다. 여름 이슬이 투명한 구슬이라면 가을 이슬은 하얀 성에꽃처럼 신비롭다.

누렇게 고개 숙인 볏논을 지나 어느 비알밭에 이르렀다. 수로에는 이미 물이 말랐다. 동부는 비알밭 개바자에 덩굴이 기어올라 보라색으로 꽃을 피웠다. 버선코 모양인 미색 봉오리는 꽃으로 피어나면 엷은 보랏빛이 된다. 예쁜 나비를 닮았다. 널찍널찍한 잎사귀 녹색이 짙어 꽃이 더 선명하게 보인다. 이미 풋꼬투리가 생겨 푸릇한 놈도 있고, 연두색으로 풋기를 잃어가는 놈도 있고, 어느새 노랗게 익어 수확할 때가 된

놈도 있다. 그런 옆에서 찬 이슬을 맞으며 꽃을 피운 것이다. 아직 미색 버선 모양의 봉오리로 때를 기다리는 놈도 있다. 그래서 동부는 한 번에 수확이 안 된다. 들을 오고 가며 바구니에 몇 꼬투리씩 따다가 맷방석에 널어 말린다. 여름내 그렇게 모아 한가위 송편 속으로 쓴다.

한가위 송편 속으로 동부고물이 좋다. 콩고물도 좋고 흑임자도 좋지만 나는 동부고물로 속을 넣은 송편을 참 좋아했다. 솔잎향이 진한 햅쌀로 빚은 송편을 물어 떼면 햇동부 특유의 가을 향이 입안에 가득해졌다. 그리고 입안에 포실포실한 촉감도 고소한 맛도 좋았다. 도회의 한가위는 그런 황홀한 촉감도 고소한 맛도 전설이 된 지 오래다. 어느 중노인이 동부꽃 사진을 찍는 나를 이상한 눈으로 쳐다본다. 중늙은이에게도 이미 전설이 되어버린 세상에서 나온 사람이 수상하게 보이는 모양이다.

가을 한가운데, 주중리 들녘에는 가을빛이 가득하다. 꽃은 꽃끼리 어우러지고, 볏논은 볏논대로 풍성하다. 동부꽃 피는 들녘은 어제나 그제나 그리고 오늘이나, 가을이나 여름이나 봄이나, 조용히 아주 조용히 제 할 일만 한다. 주중리 들녘은 우리에게 밥 퍼주는 어머니다. 이제 내일이면 한가위이다. 지붕 처마를 지나온 달빛이 행주치마 자락에 내려앉는 마루에서 밤이 깊도록 동부를 까시던 갈라진 엄마 손이 그리운 팔월 열 나흗날 새벽이다.

_2018년 9월 23일
주중리에서

쑥꽃은 향을 말하네

산책길에서 쑥꽃을 만났다. 참 많이도 피었다. 쑥꽃을 누가 꽃이라 여길까. 다들 그냥 지나치기가 십상이지. 화사하지도 못하고 큰 소리로 '나는 꽃'이라 말하지도 않는다. 더구나 꽃대는 이른 봄에 싹이 트는 여린 싹이랑은 전혀 다르다. 여린 쑥잎에서 그야말로 '쑥' 하고 올라와서는 어렸던 올챙이 시절의 앙증맞은 모습은 다 잊어버리고 나무줄기처럼 굵고 억센 대궁에서 수없이 많은 가지가 나오고 가지마다 소복소복 꽃이 피어난다.

살며시 가지를 당겨 냄새를 맡아본다. 짙은 가을 향기가 난다. 쑥의 생명력은 알아주어야 한다. 거친 모래흙과 돌 틈에 뿌리를 내리고, 그 메마른 땅에서 지난여름 지독한 가뭄을 견뎌내고도 이만큼 키가 컸다. 그리고는 가을볕 가을바람을 비빌 언덕으로 삼아 꽃을 피웠다. 가뭄도 바람도 초가을 홍수까지 우주의 섭리로 여겨 다 담아내어 꽃으로 피웠다. 쑥향은 고난의 향기이다. 쑥꽃은 화사한 빛깔로 요염하게 제 몸을 드러내지 않는다. 다만 향기로 말할 뿐이다. 향기의 언어가 다르기에 사람마다 듣는 것도 다르다.

이쯤 해서 설향設香 선생이 생각났다. 내가 만난 설향 선생은 꽃차향

을 찾으며 사는 사람이다. 꽃이 말하는 향의 의미를 알아듣는 사람이다. 꽃을 찾아 설법殼法하듯 향을 말하는 사람이다. 그녀는 연풍면 원풍리 조령관 아래 조령산 자연휴양림에서 꽃차 카페를 운영한다. 밖에서 보면 찻집이 아니라 버섯찌개나 곤드레비빔밥을 파는 산골 음식점으로 보인다. 그러나 마른 꽃잎에서 나는 향이 은은한 카페이다. 간판을 자세히 읽어야 찻집이라는 것을 알 수 있었다. 최근에 아내랑 토요일마다 갔으면서도 차향을 맛볼 수 있는 카페인 것은 눈치채지 못했다. 그만큼 설향 선생은 차를 팔아 돈을 사는 일에는 관심이 없는 분처럼 보였다. 이름처럼 향을 말하는 데만 정신이 팔려 있었다. 쑥차를 한잔 따라 놓고 계속 쑥차 향을 설법한다. 백두대간 험한 산줄기를 타면서 목란을 따고 다래꽃을 찾는 이야기 속에서 삶의 향이 묻어났다. 그의 쑥꽃차에서는 차향뿐 아니라 대간을 따라 내려온 백두의 향을 뿜어냈다.

설향 선생은 꽃차향을 말하는 선녀처럼 보였다. 새재 궁벽한 백두대간 험한 산을 헤매며 들꽃들풀을 찾아 꽃차를 덖으며 스스로 차향이 되어가는 듯했다. 나는 진열된 수많은 꽃차를 돌아보다가 함박꽃차를 발견했다. 유리병 속에 담긴 함박꽃은 차로 덖어 마른 모습이면서도 제 모양을 잃지 않았다. 하얀 꽃잎도 보랏빛 화심도 나무에 매달려 땅을 향하여 피어 있는 모습 그대로이다. 너무나 반가워서 내가 쓴 〈칠보산 함박꽃〉이야기를 했다. 아, 그러고 보니 들꽃들풀을 찾아 설화殼話를 찾는 나랑 통하는 점이 있었다. 들꽃들풀을 찾아 수필을 쓰는 느림보는 설향의 차향이 긴요하고, 백두대간 꽃을 찾아 차향을 말하는 설향은 느림보의 이야기가 소용될 것 같았다. 향으로 말하는 설향과 글로 말하는 느림보는 도반道伴이 될 수도 있을 것 같았다.

향을 말하던 그녀, 그의 쑥차향이 생각났다. 설향에게서 가져온 쑥꽃차가 떠올랐다. 새벽 산책은 대충이다. 쑥향이 먼저다. 산책은 그만두고 얼른 돌아온다. 설향의 쑥꽃차를 우린다. 쑥꽃차 한 모금에 온몸이 더워진다. 새벽 가을 하늘빛이 곱다. 노랗게 우러난 찻잔에 어젯밤 한가위 달이 보인다. 꽃차향을 말하는 설향 선생의 미소가 보인다. 취한 듯 꿈속인 듯 향을 말한다. 하늘의 빛깔도 가을의 향기도 찻잔에 가득하다. 차가웠던 마음까지 훈훈해지는 것 같다. 쑥꽃 향기 은은한 가을 아침이다.

_2018년 9월 25일
주중동 마로니에시공원에서

개천 바닥에 피는 고마리꽃

이 가을, 주중리 수름재 마을은 익어가는 도향稻香에 흠뻑 취했다. 볏논 아래 개천 바닥에는 고마리꽃이 무더기로 피었다. 볏논의 넘실대는 황금빛 때문에 더 겸손하다. 자전거를 세우고 새벽을 여는 고마리꽃을 내려다본다.

가을 가뭄으로 개천이 말랐다. 농부들은 개천 바닥에 바가지 물까지 볏논에 쓸어 담았다. 까짓 고마리가 꽃을 피운들 무슨 소용인가? 볏논에 물을 대야 낟알이 통통해지지. 농부의 마음이다. 습지를 좋아하는 고마리는 자주색 줄기를 추레하게 드러냈다. 연두색 벼이삭이 고개를 숙이기 시작할 무렵에 고마운 비가 내렸다. 고마리는 그제야 잎을 깨우고 줄기를 세워 꽃을 피웠다. 둑방길에서 내려다보니 공연히 애처롭다. 아침 이슬에 깔끔한 모습이 수름재 토박이들 같다.

오늘 새벽에도 주중리 옛 마을인 수름재 들에서 지나가는 계절을 만난다. 자전거 페달을 천천히 밟으면서 정겨운 토박이들의 생활을 발견한다. 피 한 줄기 올라오지 않은 볏논에서, 깔끔한 도라지밭이나 남새밭에서 부지런함을 본다. 자를 넘길 듯 잘 영글어 넌출거리는 벼이삭이 고맙다.

바로 길 건너 시가지 쪽에는 내가 사는 아파트가 도시를 방어하는 성벽처럼 가로막았다. 마을 뒤편 언덕에는 외지인들의 저택에서 호랑이처럼 포효하는 개소리가 무섭다. 배산임수背山臨水 바람막이 뒷산을 뭉개고 거대한 축대를 쌓아 중세 봉건 영주의 성처럼 저택을 올라 앉혔다. 언덕 아래 토박이들이 사는 나지막한 지붕이 올망졸망하다. 손에 흙 묻히고 사는 토박이들은 마음까지 눌렸다. 개소리에 숨죽고 높은 지붕에 기가 죽는다.

고마리꽃은 하얀 것도 있고, 붉은 것도 있다. 하얀 그리움은 그대로 둔 채 가을볕에 미쳐버린 새빨간 열정만 끄트머리에 맺혀 있는 놈에게 더 마음이 간다. 족두리를 막 내려놓은 색시가 이마에 찍어 놓은 곤지처럼 예쁘다. 색깔은 달라도 너나없이 뭉쳐서 피었다. 자잘한 꽃들이 모여 큰 꽃을 이루었다. 꼭 수름재 농투사니들 같다. 뭉쳐 사는 토박이들의 모습처럼 아름답다.

개천으로 내려갔다. 풀숲을 헤치고 발을 내디뎠다. 며느리밑씻개 덩굴이 종아리를 감고 바지 속까지 가시로 찌른다. 체중을 이기지 못하는 흙더미가 무너져 개천바닥에 고꾸라질 뻔했다. 내려서야 아름다움을 볼 수 있구나. 내려서기를 잘했다. 허리를 굽혀야 진수를 발견한다. 저 위에 올라앉은 사람들도 전원의 참맛을 원한다면 마을로 내려와야 한다.

돌아오는 길에 마을 사람을 만났다. 허리를 많이 굽혀 절을 했다. 노동하는 철학자에 대한 경의이다. 마을 기운을 다 눌러버린 저택, 저기서 내려다보면 마을이 개천으로 보이겠지. 흙을 버리지 않은 수름재 토박이들은 개천에서도 거룩한 노동으로 산다. 우리에게 영양을 주는 것은 그들의 노동이다.

오늘 아침에는 고마리꽃이 참 고맙다. 침묵하는 깨우침이 고맙다.

_2016년 9월 26일
주중리에서

어머니의 도꼬마리

오늘 아침은 안개가 자욱하다. 새벽안개가 걷히면 하늘빛은 얼마나 고울까. 주중리는 안갯속에서 가을빛이 더욱 곱다. 논은 이미 황금으로 출렁이고 밭은 가을꽃이 초조하다. 오늘 아침에는 산비탈을 가로지르는 밭머릿길을 달렸다. 시멘트로 포장되어 있는 길가에 수로가 있고 수로를 펄쩍 건너뛰면 도라지밭이다. 아직도 남은 하얀 도라지꽃을 찍으려고 수로를 건넜다. 그런데 밭둑에 도꼬마리가 소복하다.

도꼬마리는 이제 막 열매가 맺혔다. 우리 손녀 연재 손바닥 넓이만큼 곱고 깨끗한 잎이 열매를 가렸다. 아니 열매가 고운 하늘빛을 보려고 싱싱한 잎 사이를 비집고 나왔다. 열매는 소복하게 나 있는 가시만

없으면 크기도 모양도 꼭 대추씨 닮았다. 가시 달린 열매가 귀엽다. 며칠 전까지만 해도 열매는 커다란 이파리 뒤에 숨어 있더니 요렇게 예쁘게 모습을 드러냈다.

서울에서는 도꼬마리라 하나 본데 우리 충청도에서는 '도꼬마니'라 하는 것처럼 두 얼굴이다. 갸름한 타원형 열매에 가시가 소복하게 나 있어서 흉하게 보일 수도 있고 바지에 달라붙어 짜증 나게도 한다. 이름조차 독기가 서린 도꼬마리는 한겨울에도 가시에 잔뜩 독을 품고 있다가 바지에 지독하게 매달렸다.

어지간히 익으면 노릇노릇해지는데, 한 주먹 따다가 약한 불에 달달 볶으면 꼭 커피 볶는 냄새가 난다. 가시가 문드러질 때까지 볶아서 차를 끓여 마시면 보리차 같기도 하고 옥수수차 같기도 하고 작두콩차 맛도 난다. 도꼬마리 차를 꾸준히 한 일 년쯤 마시면 비염도 기관지염도 없어진다. 다른 기관지 계통에 구접스러운 병들이 깨끗이 없어진

다. 그래서 한방에서는 그 열매를 도꼬마리라는 이름 대신에 창이자蒼
耳子라고 한다. 백과사전에 보니까 권이卷耳, 시이枲耳, 양부래羊負來라고도
한다고 하니 이름이 많은 것만큼 효능도 다양한 모양이다.

　이렇게 하늘빛이 고운 시월이 되면 어머니에 대한 그리움이 간절하
다. 지금 성인이 된 어머니의 손자는 어렸을 때 비염으로 고생을 많이
했다. 겨울에 시작된 비염은 여름이 되어도 잘 낫지 않았다. 병원에 열
심히 쫓아다녀도 그때뿐이라 어미 아비를 어지간히 애태웠다. 어머니
는 어디서 들으셨는지 도꼬마리를 따오셨다. 병원에서도 낫구지 못하
는 지독한 비염에 바짓가랑이에 달라붙는 도꼬마리가 효험이 있으리
라 믿지 않았지만, 어머니 걱정을 덜어드리려고 차를 달여 먹여 보았
다. 효험을 기대하는 마음이었는지 시어머니에 대한 감사의 뜻이었는
지 착한 며느리는 참으로 꾸준히 아기에게 도꼬마리 차를 먹였다. 조
금씩 효과가 드러나기 시작하더니 겨울이 가기 전에 비염이 없어졌다.

　신이 난 어머니는 아예 마당가에 도꼬마리를 심어 가꾸셨다. 시골
집에 가보면 지날 때마다 어머니 앞치마에 달라붙는 도꼬마리가 마당
가를 가시울타리처럼 지켰다. 오늘처럼 하늘빛이 고운 시월의 어느 날
도꼬마리가 익어가는 시골집 마당에 어머니 꽃가마를 모셔놓고 노제
를 지냈다. 막내아들에게 오셔서 두 달 넘어 병마와 싸우시던 어머니
는 하늘빛이 처절하게 고운 날 여든다섯 가을을 마지막으로 강을 건
너셨다.

　콧물을 그치게 해준다던 어머니의 도꼬마리는 콧물에 눈물까지 범

벅으로 걷잡을 수 없게 만들었다. 마당가에 도꼬마리를 보는 순간 하얀 앞치마에 가시 덩어리 열매를 따 모으시는 어머니의 모습이 보였다. 도꼬마리가 비염 치료제라는 건 헛된 말이었다. 모두 헛된 말이었다. 어머니의 마지막 꽃가마를 모신 마당가에서 도꼬마리는 비염을 벌떼처럼 몰고 와서 콧물이랑 눈물을 폭포처럼 들이부었다. 할머니의 도꼬마리로 비염이 나아서 이제 막 중학생이 된 어머니의 손자도 비염이 도졌는지 아비의 옆에서 펑펑 콧물을 쏟아내고 있었다. 우리 부자는 도꼬마리 때문에 도진 눈물 콧물을 주체할 수 없었다.

도꼬마리 앞에 쪼그리고 앉았던 오금을 펴고 일어나 주중리에서 돌아오는 길에 안개는 이미 걷히고 구름 몇 장 띄워놓은 하늘은 다른 날보다 더 곱게 푸르렀고, 누렇게 익어가는 벼이삭이 논두렁에 닿을 듯 고개를 숙이고 있었다.

_2017년 9월 26일
주중리에서

뚱딴지꽃의 음덕

주중리 밭머릿길에는 뚱딴지꽃이 흐드러졌다. 뚱딴지꽃은 미호천에도 주중리에도 피기 시작했다. 뚱딴지꽃은 꼭 해바라기꽃 모양이다. 키가 큰 것으로 보면 해바라기 같고 꽃이 작은 것을 보면 루드베키아 Rudbeckia 같다. 뚱딴지꽃을 사진만 본 사람은 해바라기나 루드베키아로 착각할 수 있다. 그러나 지향하는 세계는 각각 다르다. 해바라기는 끝없는 그리움을, 루드베키아는 영원한 행복을 말하는데 뚱딴지는 뚱딴지같이 미덕과 음덕을 말한다고 한다. 꽃을 들여다보면 화심도 꽃말만큼 전혀 다르다. 해바라기는 해를 바라기 한다면서 고개를 대개 푹 숙이고 있는 데 비해 뚱딴지는 작은 얼굴이지만 하늘을 향하고 있다. 그래도 뚱딴지꽃의 꽃말은 공감이 가지 않는다.

자전거를 타고 미호천에 나가 보면 뚱딴지꽃이 노랗게 줄을 이어 피어난다. 유난히 하얀 구름 몇 장 띄워놓은 푸른 하늘에 어울려 더욱 노랗다. 어린 시절에 마당가나 밭둑에도, 주중리 언덕배기 밭머릿길에도 뚱딴지꽃은 흐드러졌다. 우리나라 곳곳에 지천으로 피어나는 것이 바로 이 뚱딴지꽃이다.

뚱딴지는 돼지감자라고 한다. 어린 시절부터 돼지감자로 알고 살았다. 돼지감자를 식량으로 먹고 살 정도는 아니었으나 배가 고픈 보릿고개에는 그것이 '돼지'라는 말이 붙기는 했어도 '감자'이기 때문에 꼭 감자 맛일 것이라고 생각되었다. 하긴 날것으로 먹으면 조금 더 심하기는 하지만 아릿한 맛이 비슷하긴 하다.

뚱딴지가 꽃을 피우면 아버지 말씀이 생각난다. 일제 때는 섬지기

농사지은 쌀은 모두 '공출'이란 이름으로 뺏기고 돼지감자로 연명했다고 한다. 요즘은 약으로 먹는 돼지감자를 끼니로 먹기에는 맛도 없을 뿐 아니라 속을 훑어내서 힘들었다는 말씀을 아무렇지도 않게 하셨다. 쌀은 다 뺏기고 배급으로 나온 콩깻묵까지 다 떨어지면 돼지감자도 귀해서 삼촌께서 이십 여리나 떨어진 인척 집에서 돼지감자 한 가마니를 얻어 지게에 지고 왔다는 말씀도 들었다. 무게 때문에 주린 배가 자꾸 들어가 앞으로 꼬꾸라질 것 같았었다는 말씀이 어린 가슴을 아프게 했다.

지금은 꽃이 예뻐서 가을의 정서를 마냥 불러일으키는 꽃이 되었다. 뚱딴지꽃차를 만들어 마시는 우리 차 연구가도 있다. 돼지감자는 천연 인슐린insulin으로 알려져 당뇨가 있는 사람들은 치료약으로 쓰인다. 조리법이 연구되어 아린 맛을 없애고 달달하게 만들어 건강식으로 내놓는 요리 연구가도 있다. 지난해에는 사돈께서 보내주신 뚱딴지 차를 겨우내 마셨다. 구황식품이 건강식품이라니 참전설 같은 옛 얘기가 되었다. 그러나 내 기억에는 배고프던 시절 어른들의 아린 말씀만 남아 있다. 그래서 그런지 돼지감자는 날로 먹으면 약간 아릿하다.

나라를 빼앗겨 아릿한 맛을 참으며 견디어냈을 주림의 고통을 생각하면 지금도 아리다. 어려운 시절에 우리 민족의 목숨을 연명한 먹거리이니 얼마나 고마운 일인가. 꽃은 예쁘지만 덩이줄기인 돼지감자는 울퉁불퉁 못생겼다. 그래서 꽃말이 음덕이고 미덕인지도 모른다. 예전에는 조상이 벼슬하여 나라에 공을 세웠으면 그 자제에게도 벼슬을 주어 음직蔭職이라 했다. 그렇게 받은 덕이 음덕이다. 아버지나 삼촌의 덕으로 뚱딴지의 덕을 알았으니 나도 음덕을 입었다.

우리 쌀을 앗아다가 맛난 밥을 지어 먹은 일본인들은 아직도 부자로 잘살고 있다. 맛난 쌀을 뺏기고 돼지감자로 연명한 우리도 이제 살 만큼은 살고 있다. 그들은 역사를 왜곡하고 싶겠지만 그것이 역사를 어지럽히는 일이기에 세계의 눈총을 받고 있다. 역사는 결코 과오를 용서하지 않는다. 용서받을 수 없는 소소한 잘못은 시간이 지나면 망각될 수 있지만 역사는 망각도 하지 않는다.

오늘 아침 주중리 언덕배기에 무더기로 피어난 뚱딴지꽃을 본다. 우리는 일본인의 훼사毁史나 역사의 질곡에서 아직은 벗어나지 못했다. 그렇지만 어려움을 참고 견디어낸 조상의 음덕으로 언젠가는 푸른 하늘에 노랗게 꽃을 피운 뚱딴지꽃처럼 우뚝 서리라 믿는다.

_2017년 9월 26일
주중리에서

물봉선 자매

옛날 동해바다 용궁에는 아름다운 바다 화원이 있었는데 그 화원에는 '물봉선'이란 꽃이 있었다. 물봉선 꽃은 아름다워서 누구나 칭송하고 사랑했다. 그런데 바다 밖으로 자주 나가는 자라가 산신령의 정원에는 물봉선 꽃과 모양이 비슷하고 이름까지 같은 '봉선화'란 꽃이 있는데 사람들이 매우 사랑하고 그 꽃물로 손톱에 예쁘게 물을 들인다고 설명해 주었다.

자라의 말을 들은 물봉선은 봉선화를 만나보고 싶었다. 자라에게 육지에 나갈 때 데려가 달라고 부탁했다. 물봉선은 용왕님께 한 달의 말미를 얻어 자라의 등에 업혀서 난생처음 육지에 오르게 되었다. 봉선화는 자신과 너무나도 닮은 물봉선을 보자 깜짝 놀라며 반가워했다. 봉선화는 본래 쌍둥이 자매였는데 홍수 때 동생이 물에 떠내려가 용궁에 살고 있으니 다시 만나면 잘 보살펴주고 사랑하라는 어머니의 유언이 생각났다. 어려서 헤어졌던 봉숭아와 물봉선 자매는 다시는 떨어져서 살 수 없을 것 같았다. 어느덧 시간이 흘러 물봉선이 용궁으로 돌아갈 때가 되었다. 그러나 물봉선은 산속 계곡물 옆에 뿌리를 내리고 새집을 마련한 후에 자라에게 용궁으로 돌아가지 않겠다고 선언하였다. 이때부터 자라도 바다로 돌아가지 못하고 강가 바위틈에 숨어 살게 되었다고 한다.

- 물봉선 전설 -

물봉선은 꽃 색깔마다 다를지는 모르지만 다른 꽃이랑 마찬가지로
곡절이 있을 것이다. 물봉선 전설에는 사람들이 이 꽃을 안쓰러워하
는 심정이 은은하게 스미어 있다. 아마도 봉숭아꽃처럼 뜰에 피지 못
하고 습습한 개골창에서 대접받지 못하는 물봉선이 안쓰러웠나 보다.

때로는 별이 떨어져 그 정령이 꽃이 되었다고도 하고, 도둑으로 몰려 결백을 발명하려다 억울하게 죽은 여인의 원혼이라고도 한다. 본래 산신령의 아름다운 정원에 살던 자매는 동생이 홍수에 떠내려가서 용왕의 정원에 살게 되었다는 이야기가 한국인의 사랑과 정서를 담고 있어서 마음에 든다.

산막이 옛길에서 물봉선 꽃을 만났다. 산기슭 사과밭 사이로 난 배수로 잡초더미에 섞여 빨긋빨긋 피었다. 나는 잡초더미를 헤치고 배수로로 내려갔다. 물봉선 꽃을 찍고 싶었다. 물봉선 꽃은 제 언니인 봉숭아꽃이랑 아주 비슷하게 생겼다. 꽃도 비슷하고 이파리도 비슷하다. 그런데 봉숭아꽃은 꽃대가 굵직하고 튼실하다. 굵직한 대궁에 가닥가닥 가지마다 꽃이 소복하게 피어난다. 반면 물봉선은 대궁이 봉숭아보다 훨씬 가늘고 길다. 어떤 놈은 키가 커서 내 허리까지 오는 것도 있다. 그런 꽃대에 듬성듬성 꽃이 피어난다. 이파리 모양은 비슷해도 물봉선이 더 짙은 녹색이다. 봉숭아꽃이 분홍색도 있고 자주색도 있고 흰색도 있듯이 물봉선도 붉은 것도 있고 흰색도 있고 노란색도 있다. 전설이 사실일 리는 없겠지만 봉숭아 자매도 오랫동안 헤어져 있었으니 그 모양도 삶도 다를 것이다.

초등학교 때 형제 같은 친구인 현이가 있었다. 우리는 참 많이 닮았다. 키가 큰 것도 닮았고, 공부를 꽤나 잘하는 것도 닮았다. 하나는 1반 반장 하나는 3반 반장인 것도 그렇고 육 학년이 되어 회장 부회장인 것도 닮았다. 우리는 가난한 것도 닮았다. 도시락이 보리밥인 것도 닮았다. 보리밥끼리 학교 울타리 너머 개울가 바위에 숨어서 함께 도시락을 먹어도 부끄럽지 않았다.

현이는 나보다 두 살이나 많았다. 그래서 친구라기보다 형 같았다. 공부도 나보다 잘했고, 내가 부반장일 때 반장이었고 내가 부회장일 때는 현이가 회장이었다. 내가 3등을 하면 현이는 1등을 했다. 그것이 당연했다. 한 번도 형 같은 현이를 시기하거나 앞서 보려고 애쓴 기억은 없다. 건강하지 못했던 내가 성적이 떨어지면 현이가 더 걱정했다.

아무렇지도 않을 것 같았던 가난이 나와 현이를 갈라놓았다. 나는 간신히 중학교에 진학했지만 현이는 합격한 일류 중학교 입학을 포기해야 했다. 담임선생님은 A 학교에 합격하면 당신이 학비를 책임진다고 했다. 현이는 그걸 믿고 그 학교에 응시하여 합격했다. 나는 담임선생님의 말을 듣지 않고 장학생이 가능한 C 학교를 희망했다. 나는 C 학교에 장학생으로 입학하여 함께 다니자고 현이를 설득했지만 실패했다. 나는 혼자서 C 학교에 입학하여 졸업했다. 그 후 형편이 나아졌어도 그는 중학교에 다니지 못했기에 고등학교에 갈 수 없었다. 가난의 고비를 넘긴 나는 어렵지 않게 고등학교를 졸업하고 학업을 계속할 수 있었다.

우리는 그렇게 다른 길을 걸었다. 그는 돈을 모아 나보다 부자가 되었고, 나는 정규학교를 졸업하고 선생이 되었다. 나는 그가 부럽고 그는 내가 부럽다. 우리가 해후했을 때 현이 얼굴은 많이 달랐다. 현이가 보면 내 얼굴도 가깝게 느껴지지만은 않았을 것이다. 참 반가웠지만 참 많이 서먹했다. 반가운 만큼 가깝지만 너무 멀었다. 살아온 세월은 우리를 그렇게 갈라놓았다. 혼자만 진학한 나는 친구에 대한 부채감으로 벽지학교에서 야학을 열어 두메 청년들에게 중학과정을 가르친 일이 있다. 배움은 시기를 놓쳐서는 안 된다는 절실한 생각이었다.

봉숭아는 뜰에 살면서 곱고 소담하게 꽃을 피워낸다. 물봉선은 개골창 풀숲에 섞여 피어났어도 붉은빛만은 봉숭아만 못하지 않다. 그래도 봉숭아는 물에서 사는 물봉선이 부럽고 물봉선은 뜰에서 사는 봉숭아가 부럽다. 물봉선이나 봉숭아는 서로 다르지 않다. 물봉선이 초라해 보이는 것은 다만 외양이다. 봉숭아가 소담해 보이는 것도 현상일 뿐이다. 자세히 보면 그냥 형제이다. 봉숭아가 옛 이름 그대로 봉선화라면 둘은 같은 '봉선'이다.

봉숭아는 물봉선을 어떻게 받아들일까? 물봉선은 봉선화에게 어떻게 다가갈까? 아니 다가가려 하는 것이 오히려 멀어지는 것이다. 봉선화, 물봉선이라 하지 말고 그냥 봉선으로 살면 된다. 그것이 신의 가르침이다. 봉숭아랑 물봉선이 형제이듯이 우리는 형제이다. 우리는 서로 부채감을 가질 필요도 없고 서로의 삶을 부러워할 필요도 없다. 우리도 그냥 봉선으로 살면 되는 것이다.

따지고 보면 자연은 모두 형제이다. 봉선이 형제이듯이 나무는 나무끼리 형제이고 고라니는 고라니끼리 형제이다. 눈을 크게 뜨고 보면 고라니랑 멧돼지도 형제이고 소나무랑 참나무도 형제이다. 고라니랑 소나무도 형제이고 나랑 고라니도 형제이다. 나는 나무의 날숨으로 숨을 쉬고 나의 날숨은 나무의 들숨이 된다. 우리는 마시는 바람까지 공유하는 형제이다. 내가 풀과 나무의 열매를 먹고 살았듯이 미래에는 내 살이 썩어 그들의 영양이 될 것이다.

봉숭아와 물봉선이 봉선으로 형제이듯이 나와 들풀 들꽃은 자연이라는 신의 동기同氣로 태어났다. 우리는 모두 대지라는 한 어머니가 낳은 형제이다.

_2018년 9월 29일
산막이 옛길에서

벼이삭이 고개를 숙이는 이유

아, 오늘 목덜미가 또 아프다. 새벽 산책길 목덜미가 찌르르하더니 뾰족한 송곳으로 훑어 내리듯 등줄기를 타고 내려간다. 양쪽 어깨까지 찌릿찌릿 전기를 먹은 듯하다. 내 목은 왜 이렇게 가끔 아플까? 왜 감전된 것처럼 근육이 떨릴까? 목덜미를 만져보니 제3경추 부근 근육이 밤톨만 하게 툭 불거져 나왔다. 이런 이럴 수가 있나. 걸음을 멈추고 그 자리에 우뚝 서서 양손을 뒤로 모아 엉덩이 부근에서 깍지를 끼고 어깨를 뒤로 젖혀 보았다. 통증이 좀 가시는 기분이다. 아예 자리를 잡고 서서 한 20여 번 같은 동작을 반복했다. 물론 고개를 꺾어 숙이지 않고 얼굴은 정면을 바라보는 것을 잊지 않았다.

다시 걷는다. 그런데 내게는 잘못된 버릇이 있다. 나도 모르는 사이에 고개를 꺾어 숙이고 발끝을 보며 걷고 있는 것이다. 새벽에 어둠 속이라 발끝에 뭐가 밟히는지 보이지도 않는데 꼭 고개를 꺾고 코밑을 보면서 걷고 있다. 참 못났다. 뭐가 못 미더워 운동화 코빼기를 보며 걷는가 말이다. 문득 함께 등산하는 친구가 블로그에 올린 내 사진이 생각났다. 열이면 열 모두 고개를 숙이고 걷는 것이다. 아예 고개를 꺾고 발끝을 보면서 걷는 모습이다. 꼭 바보처럼 말이다. 목덜미가 아픈 이유는 바로 그것이다.

먼 데를 바라보자. 멀리 바라보면 목덜미는 아플 까닭이 없다. 생각해보니 평생 바로 코밑만 내려다보면서 살아온 것이 내 삶의 족적이다. 환갑을 다 지내고도 고개를 꺾고 살고 있으니 목덜미가 아플 수밖에 없다. 제3경추에 혹이 생길 만도 하다.

현재가 과거의 선물이라면 미래는 현재의 선물이다. 미래에 피울 꽃은 지금 씨앗을 심어야 한다. 스무 살 때는 예순 살 때에 시선을 두고 설계해야 한다. 스무 살에 고개를 숙이고 땅만 내려다봐서는 안 된다. 그렇게 살면 목덜미가 아플 수밖에 없다. 그러나 때로 스무 살에라도 미래를 위해서 꼭 필요하다면 기꺼이 고개를 숙였어야 했다. 그랬어야 나이 들어도 목덜미가 아프지 않았을 것이다. 그런데도 나는 쓸데없이 늘 고개를 숙이고 걸으면서 필요할 때는 오히려 더 꼿꼿하게 고개를 뻗치고 살았다. 그래서 목덜미가 아픈 것이다. 그날이 되어 모든 걸 다 이루었을 때에 기꺼이 고개를 숙여도 된다. 저기 저 벼이삭을 보라. 꽃을 피웠을 때 빳빳하게 고개를 들지 않았는가? 그 대신 다 이루었을 때는 저렇게 고개를 숙이지 않았는가?

나처럼 숙여야 할 때는 숙이지 못하고 숙이지 않아야 할 때 숙인 사람은 목덜미가 아픈 것이다. 긴긴 인생의 역사를 설계하지도 못하고 환갑 너머까지 살아온 나 같은 사람은 목덜미가 이토록 아픈 것이다. 해마다 볏논에서 꽃을 피우고 다 영글어야 비로소 고개를 숙이는 나락을 보면서도 섭리를 배우지 못한 바보는 늘그막에 목덜미가 아픈 것

이다. 역사를 바로 볼 줄 모르는 사람이 목이 성하기를 바라는 것은 정말 바보 같은 소망이다. 저 볏논을 보라. 고개를 들 때는 들고 숙일 때는 숙이지 않는가?

_2016년 10월 7일
주중리에서

가을 여인 구절초꽃

사랑채 가마솥에서 단내가 나기 시작한다. 장작불은 시나브로 사위어간다. 얇은 종잇장을 날리듯 하얗게 재가 되어 폴폴 날리는 속에 빨긋빨긋 불꽃이 남아 있을 뿐이다. 가마솥에는 작은 화구호 용암처럼 옅은 갈색으로 뽀글뽀글 기포를 터뜨리며 엿이 되어가고 있다. 어머니는 커다란 나무 주걱에 엿을 찍어 올려 흘려 보면서 농도를 가늠하신다. 시집간 누나 약으로 쓸 구절초 엿을 고아내고 있는 중이다.

어머니는 음력 9월 9일 중양절이 다가오면 집 뒤 우렁봉에 올라 구절초를 캐셨다. 땅바닥에 파랗게 주저앉아 있던 구절초도 이맘때쯤이면 꽃대가 쭉 올라오고 꽃을 피운다. 말로는 꽃대가 아홉 마디나 올라온다고 하지만 세어보지는 않았다. 아무래도 그런 연유로 구절초인가보다. 꽃은 분홍색으로도 피고 하얗게 피어나는 꽃도 있다. 어머니는 구절초 약효는 중양절 때 캐는 놈이 제일이라고 혼잣말처럼 되뇌었다.

누나는 시집간 지 사오 년이 되어도 아이가 생기지 않았다. 풍족하지는 못했지만 자형과 금슬이 좋아 다른 걱정은 없는데도 엄마는 죄 없이 죄인이 되었다. 새댁이 속이 냉해서 그렇다는 말이 시집 쪽에서 들려왔다. 여자는 배가 차면 아기씨가 자리를 잡지 못한다고 한다. 시집간 딸이 배가 차가운 것도 친정어머니의 책임으로 생각되는 시절이었다.

원인을 알아낸 엄마 눈에 불이 켜졌다. 음력 구월이 되자 구절초 대신 엄마가 가을 여인이 되어 온 산의 구절초를 다 쓸어 모을 기세였다. 캐어 모은 구절초를 새끼줄로 엮어 담벼락에 걸어 말렸다. 마른 구절초를 사랑 부엌 가마솥에 넣고 푹 삶아 물을 내어 거른 다음, 늙은 호박, 수수쌀을 넣어 삭혀서 엿을 고았다. 엿기름을 넣고 삭힐 때나 엿이 달여질 때 온 집안이 달달한 내음으로 가득 찼다. 엿은 아주 딱딱하지도 않고 너무 묽지도 않아야 한다.

까맣게 달인 엿을 한입에 넣을 수 있는 크기로 동글동글하게 떼어서 볶은 콩가루를 묻혀 꼭 인절미처럼 만들었다. 가끔 내 입에도 한 덩이 넣어주면서 '누나 약이다'라며 경계하셨다. 엿은 쌉쌀하지만 달달한 뒷맛이 남아 입에서 자꾸 당겼다. 엿 항아리가 다락 어디쯤에 숨어 있는 것을 알면서도 참았다. 엄마가 '남자들에겐 이로울 게 없다'고 덧붙인 말 때문이었다. 그 겨울 구절초 엿을 정성껏 먹은 누나는 이듬해 초여름 아기가 생겼다. 그리고 내리 셋을 낳았다. 어린 마음에 혹시 아기들이 구절초 엿을 닮아 까맣지는 않을까 하던 걱정과 달리 아기들은 토실토실 예쁘기만 했다. 그때 그 조카들은 이제 기업의 사장도 되고 아기 엄마도 되었다. 조카들을 보면 달달한 구절초엿 향이 나는 것 같다.

미동산 산책길에서 구절초꽃을 만났다. 조금 일찍 와 있는 가을 여인을 만난 것이다. 아니 어머니를 만났다. 어머니 사랑을 만났다. 누구

나 아무렇지도 않게 만나는 구절초꽃이 내 마음을 흔들어 놓는다. 착한 가을비가 살짝 내려 물방울로 맺혀 청초하다. 그만큼 아름답다.

어머니는 구절초가 하얗게 꽃을 피우는 하늘 푸른 가을에 꽃향기 은은한 우렁봉 언덕으로 가셨다. 들꽃들풀을 찾아다니면서 예쁜 들꽃을 볼 때마다 들꽃처럼 들풀처럼 살아오신 어머니가 자꾸 보였다. 그럴 때마다 꽃에서 어머니를 보지 말고, 세상을 보고 역사를 보고 민중을 보겠다고 다짐했다. 이제는 들꽃 들풀에서 절대 어머니를 찾지 말자. 가을이 되어도 어머니를 생각하지 말자. 그리움은 잊자, 잊어버리자, 잊어버리자, 잊자 다짐했다. 그런데 하얗게 피어난 구절초꽃을 보는 순간, 어머니는 꽃 더미에서 올라와 어머니의 가을로, 어머니의 시대로 내 손을 이끌었다. 어린 시절 어머니가 날 키웠다면 이제는 들꽃이나 들풀이 나를 키우고 있는 것인지도 모른다.

산책길을 다 돌아내려 오는 길에 도 분홍색 구절초꽃이 무더기로 피 어 있다. 아, 이 가을, 구절초꽃, 선 모초仙母草, 가을 여인, 구절초로 고 아낸 강엿, 냉한증을 어루만지는 푸릇한 풀물이 든 어머니의 갈라진 손길, 구절초 엿을 약으로 먹고 아 기를 가진 누님, 먼 옛날의 들풀 같 던 삶들이 꽃으로 마구 피어났다.

돌아보니 구절초꽃은 어머니 약 손이다. 어머니 손에는 실제로 구 절초 약물이 지워지지 않아 푸릇한 때가 끼어 있었다. 그래서 구절초는 조선의 어머니 손에 묻어 선모초 라 했는지도 모른다. 구절초는 조선의 여인이 지녀온 약손이다. 구절 초가 꽃을 피우는 가을은 어머니 거친 손길이 그리운 계절이다.

_2017년 10월 7일
미동산에서

빛나는 사랑 괭이밥

조천이 미호천으로 흘러드는 곳,  조천연꽃공원 끄트머리에 괭이밥이 노랗게 꽃을 피웠다. 사람들이 자주 밟고 지나다니는 쉼터 정자가 있는 귀퉁이에서 티 하나 묻히지 않고 소복하게 피어났다. 아주 작은 꽃잎 다섯이 모여 꽃이 한 송이, 하트 모양 작은 이파리 석 장이 모여 잎이 하나가 되었다.

얘들이 왜 이제 꽃을 피웠을까. 오월에 피기 시작해서 유월에도 피고 칠월에도 핀다. 돌 틈에서도 꽃을 피우고 정원의 다른 꽃나무들 사이에서도 여름내 꽃을 피운다. 이렇게 예쁜 꽃을 피워도 저를 내세우거나 자랑하거나 떠들지 않아서 있어도 없는 듯하고 없어도 있는 듯하다. 팔월이면 꽃이 다 지고 갸름한 열매가 맺혀 톡톡 터지면서 씨앗을 퍼뜨린다. 그런데 하늘 높고 바람도 서늘한 시월에 꽃을 피웠다. 언제 열매를 맺고 언제 씨앗을 터트리려고 천하태평이다.

어렸을 적에 작고 여린 이파리를 따서 씹으면 새콤한 맛이 참 신기했었다. 아이들은 어른들 말을 들었는지 제가 그냥 지어낸 말인지, 고

양이나 먹는 수영이라 '괴수영', '괭이성'이라 했다. 혹은 고양이가 배가 쌀쌀 아프면 괭이밥을 뜯어 먹고 낫는다고도 했다. 괭이밥이란 이름에서 그런 말이 나왔는지, 고양이가 정말 괭이밥을 먹고 아픈 배가 나아서 괭이밥이 된 것인지는 몰라도 거참 희한하지 않은가. 고양이가 어찌 알고 괭이밥을 뜯어 먹고 아픈 배를 낫는단 말인가? 고양이가 마음 놓고 쓰레기 봉지를 찢어서 상한 음식을 찾을 수 있었던 배포가 거기 있었다고 생각하니 더욱 희한하다.

시월에 아직도 노랗게 꽃을 피우고 있어 '빛나는 마음'이라 했는지, 이파리가 뜨겁게 박동하는 심장의 모양을 닮아서 '당신을 버리지 않는 사랑의 약속'이라 했는지, 그 꽃말도 참 그럴듯하다. 들여다볼수록 나는 그냥 '빛나는 사랑'이라고 하고 싶다.

한낮이 되니 볕이 등에 따갑다. 연꽃 방죽에는 연꽃은 지고 연밥이 익어가고 있다. 연꽃이 지거나 말거나, 소담했던 연잎이 누렇게 시들거나 말거나, 하트모양 초록 잎으로 양탄자를 깔고 그 위에 깔끔하게 꽃을 피운 변하지 않는 당신의 마음을 본다. 나는 노랗게 어린 괭이밥 꽃을 버려두고 돌아선다. 빛나는 사랑의 약속을 그냥 두고 돌아선다.

_2017년 10월 8일
조천연꽃공원에서

청미래덩굴 열매를 보니

세종시 금강자연휴양림 매봉에서 빨갛게 익어가는 청미래덩굴 열매를 만났다. 이미 물들이기를 시작한 이파리 뒤에서 다 감출 수 없는 붉은색 열매를 숨기고 익어간다. 언뜻 보면 열매는 오미자 붉은 열매처럼 포도송이 모양으로 보이지만 그렇지 않다. 청미래덩굴은 애초에 꽃을 피울 때 하나의 꽃자루에 우산살처럼 쫙 펴진 꽃대마다 노란 꽃을 피운다. 꽃마다 열매가 맺혀 익었으니 마치 우산살 끄트머리에 동글동글한 루비가 달린 듯 아름답다. 붉은 열매가 소나무 가지 사이를 뚫고 들어온 가을볕에 보석처럼 윤이 난다. 가을이 할 일을 다 하듯 청미래덩굴도 가뭄과 장마 같은 고통을 다 받아들여 제 본분을 잃어버리지 않았다.

이파리마다 이미 검버섯이 돋고 구멍이 숭숭 뚫리기 시작했다. 열매가 붉기를 더하면 잎은 더욱 초록을 잃어버린다. 봄이면 도톰하고 윤이 반짝반짝 나는 잎이 돋는다. 잎은 날이 갈수록 젖살 오른 아기 얼굴처럼 오동통해진다. 보랏빛 입자루가 이어져 잎사귀 가장자리에 동그랗게 붉은색 테를 두른다. 그래서 이파리도 초록의 보석처럼 보인다. 봄에 노란 꽃이 피고 초록색 열매가 맺힌다. 가을이 가까워 오면 열매는 연두색으로 옅어지다가 무너진 성터에 서늘한 바람이 불면 빨갛게 익어간다. 초록 열매는 초록답게 새콤하고 빨강 열매는 빨강답게 달콤하다. 초록이 빨갛게 익어가는 것도 서로 다른 맛을 내는 것도 자연과 우주가 내통한 조화이다.

청미래덩굴을 경상도에서는 망개나무라고 했다. 우리 충청도에서도 망개나무 덩굴이라고 했다. 동그랗고 반짝반짝 윤이 나는 이파리에 찰떡을 싸서 망개떡이라 했다. 어렸을 때 어머니를 따라 시장에 가면 상자에 담아 어깨에 걸고 다니면서 '망개에 떠억' 하고 외쳐서 참 궁금했었는데 이제 보니 바로 이것이다. 일제 때는 망개나무 잎까지 걷어갔다니 참 대단한 족속이다.

청미래덩굴은 정이 많다. 이른 봄 싹이 나기 전 산성 답사를 가면 무너진 돌무더기에서 비집고 나와 바짓가랑이를 잡고 놓아주지 않는다. 성에서 죽은 백제 부흥군의 손아귀처럼 소름이 끼칠 때도 있다. 어지간히 키가 큰 놈은 다른 나무에 기대어 있다가 얼굴에 손톱자국까지 내놓는다. 가시 돋은 덩굴손이 모자라 갈고리 모양의 곁가지도 함께 나와서 옷자락을 잡고 늘어진다. 내 장딴지는 온통 청미래덩굴의 정표투성이다. 정이 깊어 흉터는 쉽게 사라지지도 않는다.

청미래덩굴은 내게는 정 많은 인연이다. 때로 매정하게 떼어내기도 하지만 엉겨 붙는 것을 보면 내가 가는 길에서 만나야 할 소중한 인연인가 보다. 내게는 그냥 가야 할 길이다. 이른 봄 산성 돌무더기이든, 이 가을의 금강자연휴양림 매봉이든, 그냥 가야 할 길이다. 문학이든

산성 산사 답사이든 그냥 가야 할 길이다. 땅에 뿌리를 내리고 덩굴손
을 내밀어 다른 나무를 지탱하고 벋어 올라가 꽃을 피우고 붉은 열매
를 맺는 청미래덩굴처럼 그냥 군말 없이 가야 할 길이다. 그것은 자연
의 섭리이고 내게 주어진 운명이다. 멀리 금강이 수천 년을 두고 말없
이 흘러가듯 그냥 그렇게 말이다.

_2017년 10월 14일
금강자연휴양림 매봉에서

도깨비바늘은 사지창이 있다

　주중리의 오후는 한가하다. 벼를 베어낸 논바닥에는 볏짚이 아직 그대로 널려있다. 볏논에 들어갈 일이 없는 농부들이 논둑에서 서성인다. 다 이루어낸 볏논은 모든 걸 비워낸 성자의 모습이다. 들깨를 걷어낸 비알밭이나 뚱딴지가 꽃은 떨어진 채 꽃대만 쓰러진 자투리땅도 황량해 보인다. 다만 배추나 무가 파랗게 자라는 남새밭이나, 대추나 감이 탐스럽게 익어가는 밭머리는 아직 풍요의 흔적이 남아 있다.

　남새밭 둑에 도깨비바늘꽃 열매가 노을빛에 무성하다. 이제 꽃잎이 진 것도 있고 다 익어 열매를 흩어버릴 준비를 하고 있는 놈도 있다. 보랏빛으로 물든 줄기와 잎, 다 익어 바짝 독이 올라 있는 바늘 열매가 새롭다. 며칠 전까지만 해도 풀숲 더미에 숨어 있더니 다른 들풀이 시들어 주저앉아버리자 혼자 도도하다. 오늘은 자못 고고해 보이기도 한다.

　가만히 살펴보니 배추밭 두둑 하나를 온통 도깨비바늘꽃이 독차지했다. 주인장은 마음이 넉넉해서인지 아니면 도깨비바늘꽃을 좋아해서인지 제초제로 초토화하거나 예초기로 쓸어버리지 않았다. 들풀 들꽃을 찾아다니는 나는 주인이 고맙다.

사진 찍고 둑에서 내려왔다. 바짓가랑이가 새까맣다. 익은 놈이 없

는 줄 알았는데 어느새 그 뾰족한 도깨비바늘이 귀신같이 달라붙어

있다. 하나하나 떼어내야 한다. 도깨비바늘은 그저 바늘이 아니다. 바늘 하나에 갈라진 창이 네 개이다. 백제 근초고왕이 왜왕에게 하사했다는 칠지도 모양은 아니라도 끝이 네 갈래로 갈라졌으니 사지창四枝槍이라 이름 지어도 좋을 것 같다. 도깨비바늘의 사지四枝는 포크처럼 일렬로 갈라진 것이 아니라 네 방향으로 살벌하게 갈라져 앙큼하게 도사리고 있다. 끝은 갈고리 모양이라 짐승의 털이든 사람의 바짓가랑이든 한번 붙잡으면 놓을 줄을 모른다. 귀침초鬼針草란 별명이 그냥 나온 말이 아니다. 하나하나 떼어내려면 무한한 인내가 필요하다.

귀침초는 약으로도 쓰인단다. 놀랄 일이다. 한의사 김오곤 선생이 쓴 약초 이야기에는 급성 간염, 신장염, 충수염에 쓴다고 했다. 염증뿐 아니라 통증을 없애고 어혈을 풀어준다고도 한다. 별 게 다 약이 된다.

염증을 치료한다니 간염이나 신장염만 고칠 게 아니라 곪아 터지려 하는 마음도 치료해 주었으면 고맙겠다. 어혈뿐 아니라 가슴에 맺힌 시퍼런 멍도 풀어주었으면 좋겠다. 부지불식간에 탐욕스러워지는 것, 작은 일에 분노하고 노여워하는 것, 스스로 어리석어지는 것 같은 삼독三毒을 말이다. 삼독으로 미워하고 시기하게 된다. 이것이 번뇌의 근원이 아닌가. 귀침초라 하니 번뇌의 근원인 삼독을 깔끔하게 치료해 주면 고맙겠다. 내 안의 모든 응어리도 사지창으로 푸욱 찔러 끈적끈적한 화농化膿을 쭈우욱 짜내어 풀어냈으면 좋겠다.

귀침초를 떼어내서 무얼 바랄까. 에라, 그냥 두자. 아니 절로 달라붙
은 사지창이 오히려 고맙지 않은가.

_2017년 10월 19일
주중리에서